Schatten & Licht

**eine Anthologie der
Autorengruppe Zweibrücken**

Bibliografische Informationen der deutschen Nationalbibliothek:
Die Deutsche Nationalbibliothek verzeichnet diese Publikation in der Deutschen Nationalbibliografie, detaillierte bibliografische Daten sind im Internet über http://dnb.dnb.de abrufbar.

1. Auflage, © 2017Autorengruppe Zweibrücken
Umschlagbild: Gundela Nitschke
Satz: Karin Klee und Michael Dillinger
Herstellung und Verlag:
BoD-Books on Demand, Norderstedt
ISBN 978-3-7448-8901-8

INHALTSVERZEICHNIS

VORWORT

Hinter den Dingen das lauernd Unergründliche freilegen, das Gefährliche – auch das Absurde – das war diesmal unsere Absicht: Mit dem Bösen Aug in Aug. Doch bald merkten wir, dass es nicht so einfach ist mit „gut" und „böse". Die Grenzen sind fließend. In der Geschichte „Ins Fäustchen gelacht" hat eine vermeintlich gute Tat verheerende Auswirkungen, während böse Überraschungen wie in „Gebäude 70" sich für die Protagonistin nach dem Motto „Glück Unglück" als Voraussetzung für eine selbstbestimmte Zukunft erweisen. Natürlich bewahrheitet sich auch immer wieder der Spruch „wer Wind säet, wird Sturm ernten". Das heißt aus Bösem kann nichts Gutes entstehen, so in der Geschichte „Kind für Kind". Die „Macht des Bösen" sollte aber nicht die Oberhand behalten, deshalb haben wir unserem Bändchen den Titel „Schatten und Licht" gegeben, denn „der Schmerz macht, dass wir Freude fühlen, so wie das Böse macht, dass wir das Gute erkennen" (Heinrich von Kleist). Unter diesem Titel findet auch die Traurigkeit ihren Platz, die bösen Erfahrungen folgt in Texten wie „wenn du stirbst" oder „Schade. Schön. Alles Gute". Galgenhumor wie in „böser Traum" oder „Zusammen. Auseinander" nehmen dem Bösen den Stachel, ebenso Gedichte wie „Bre-Du-Fa-Zwo – Brechdurchfall 2", wo den ganz alltäglichen Widrigkeiten und bösen Überraschungen mit Tapferkeit oder wie in „Es ist nichts" mit Humor begegnet wird. Die Autorengruppe wünscht Ihnen bei all dem Dunkel, das wir Ihnen in dem Büchlein zumuten, viele lichte Momente.

Für die Autorengruppe   Barbara Franke

KONRAD BARNER

Bestimmung

Wenn ich ein Ast wäre,
wäre ich gern ein Baum.

Wenn ich ein Baum wäre

Und es käme ein Sturm,
wäre ich
zerborsten
zersägt
zerstückelt
zerfallen
zerfressen

Wenn ich ein Baum wäre
und es käme kein Sturm,
wäre ich
verplant
verkauft
verbaut
verheizt
verbrannt

Wenn ich ein Ast wäre…

Der böse Gott

Danach bei donnerndem Getöse
schuf Gott am 8. Tag das Böse.
Der erste Mensch war kaum geboren,
schon ging das Paradies verloren.

Von da an geht es steil bergab.
Das Leben nur noch Weg zum Grab. (1)
Gott reizt den Kain in einem fort,
er provoziert den Brudermord. (2)
Von Mose hat man´s nicht gedacht,
auch er hat einen umgebracht. (3)
Das Böse, das in jedem steckt,
kommt zweifellos von Gott direkt.
Man muss sich nicht den Kopf zerbrechen,
man lässt Gott einfach selber sprechen:
„Ich schaffe Unheil", wann ich will. (4)
Der Mensch hält notgedrungen still.
Es ist kein Unglück in der Stadt,
das nicht der Herr verbrochen hat. (5)
Das finden wir bei den Propheten –
Im Grunde hilft da nur noch beten.
Das Vaterunser sei genannt,
es ist weltweit sehr gut bekannt:
„Erlöse uns, Herr, von dem Bösen", (6)
Doch will Gott überhaupt erlösen?
Selbst Jesus führt er ins Verderben,
am Kreuz lässt er ihn grausam sterben.

Und heute? Ist es auch nicht besser.
Das Böse liefert uns ans Messer.
Zum Beispiel „Krebs", das große Leid,
vielleicht das größte unsrer Zeit.
Der Terror, als „IS" bekannt,
zieht grausam mordend durch das Land.

Wer kann uns davon je erlösen?
Wir bleiben in der Macht des Bösen.

Anmerkungen

1) „Du bist Erde und sollst zu Erde werden" (1. Mose 3,19)
2) „Und der Herr sah gnädig an Abel und sein Opfer, aber Kain und sein Opfer sah er nicht gnädig an." (1. Mose, 4,4 und 5)
3) „...erschlug er den Ägypter und verscharrte ihn im Sande." (2. Mose 2,12)
4) „Ich bin der Herr...der ich Frieden gebe und schaffe Unheil." (Jesaja 45,6 und 7)
5) „Ist etwa ein Unglück in der Stadt, das der Herr nicht tut?" (Amos 3,6
6) „...führe uns nicht in Versuchung, sondern erlöse uns von dem Bösen." (Matthäus 6,13)

Wenn

Wenn ich dich liebte
Was dann wohl geschähe
Durch deine Nähe
Wäre die Welt verändert
die Augen umrändert
das Licht im Dunkel noch heller
das Herz schlüge schneller
mit Extrasystolen
wir müssten den Notarzt holen
weil Liebe gern stirbt

MICHAEL DILLINGER

Martha

Was bleibt denn noch von dir
fragte ich
als sie fast keinen Schatten mehr warf
Ich nehme niemandem das Licht
antwortete sie.

Bevor es heute wird

Bevor es heute wird
zieh die Gardinen zu
bedeck die Welt
mit weißem Tuch
wirf auf die Leinwand deine Träume
dann von Nacht und Nebel und
dem Stern von Bethlehem und
lass mich sehen
was du sahst
bevor es heute wird

Tagtraum

Einschlafen
aus dem Tag fallen
am Abend am Morgen erst
wissen
es gab eine Nacht

BARBARA FRANKE

Ganz anders

Normalerweise hätte sie einen großen Bogen gemacht
um diese Typen. Nein, sie hätte sich nicht dahin setzen
sollen. Sie sahen nicht gerade vertrauenserweckend aus.
Entsprachen genau dem Bild der jugendlichen U-Bahn-
Schläger. Baseballkappe schräg auf dem Kopf, zer-
schlitzte Jeans, verächtliches Grinsen, als sie mit vollen
Einkaufstaschen auf das Bushäuschen zusteuerte. Ein
Platz wäre noch frei gewesen, hätte der eine nicht rasch
seinen Rucksack darauf geworfen. Offenbar sein
Revier. Sie war schon gefasst auf: Verpiss dich Alte,
doch es blieb ihr keine Wahl. Der Rücken schmerzte,
die Beine wollten sie nicht mehr tragen. So wagte sie
ein vorsichtiges: „Darf ich mich setzen?" Und oh
Wunder, der Rucksack wurde widerwillig herunter-
genommen und landete auf dem Boden vor den beiden.
Marie atmete tief durch. Geschafft.
In zehn Minuten würde der Bus kommen, sie aus der
misslichen Lage befreien, ehe die üblichen Pöbeleien
anfangen würden. Die beiden Jungen nahmen keine
Notiz mehr von ihr, öffneten mit einem groben ‚Ratsch'
den Rucksack, aus dem sie eine Schachtel zerrten.
Misstrauisch linste Marie herüber und sah, wie die
beiden mit flinken Griffen Zigarettenstummel daraus
entnahmen, anzündeten und mit hastigen Zügen zu
Ende rauchten bis die Glut ihre Fingerkuppen zu
verbrennen drohte. Der Rest landete mit Schwung auf
dem Boden. Zunächst wandte sie sich angeekelt ab,
doch allmählich regte sich ihr Gewissen. Das waren ja
fast noch Kinder.
Sollte sie so tun, als ginge sie das nichts an? Wollte sie
zu den Wegguckern gehören? Nein, das war noch nie

ihre Art gewesen. Verstohlen schaute sie dem routinierten Hantieren zu. Die Kerle ließen sich nicht aus der Ruhe bringen. Was interessierte sie die Alte da. Die war so unwichtig, dass sie sie gar nicht wahrnahmen. Maries Blick wanderte weiter nach oben und blieb hängen an einem Riesenwerbespruch an der Seitenwand des Bushäuschens.

Schwarz auf weiß stand da zu lesen: MAY BE NEVER WINS. Seltsames Englisch, dachte sie. Who never wins. Natürlich, jetzt kann sie dahinter, das ‚May be' das ‚Vielleicht' führte nicht zum Ziel. Es schien ihr plötzlich wie gemünzt auf ihr Zögern und Zaudern. Als sie dann rechts unten die Aufforderung BE las, daneben Marlboro und den obligatorischen Zusatz ‚Rauchen kann tödlich sein', gab sie sich einen Ruck.

„Entschuldigung, ihr Zwei, ich weiß, es geht mich gar nichts an, aber ich kann einfach nicht ruhig zusehen, wie ihr eure Gesundheit ruiniert." Zumindest ein ‚Halt's Maul, Alte', hätte sie erwartet oder ‚zieh Leine', doch es kam nur ein halblautes „is doch egal".

Das ermunterte sie dranzubleiben. „Glaubt ihr, eurer Mutter wäre das auch egal?" – „Unsere Mutter ist tot." Das hatte sie nicht erwartet.

„Tot?" – „Krebs, es war schrecklich – Aber sie hat sich noch von mir verabschiedet. – Florian kam zu spät. Er ist mein Bruder – Halbbruder, hat einen anderen Vater, wohnt bei dem." Der jetzt plötzlich einen Namen hatte, ergänzte. „Das war vor zwei Jahren. Da war ich 14 und Fred 15." Florian und Fred, jetzt 16 und 17 Jahre alt, und sie hatte sie einfach mit ‚du' angeredet. Sie schämte sich ein wenig, weil sie sich eingemischt hatte, doch jetzt war der Bann gebrochen. Sie kamen mit ihr ins Gespräch, erzählten von vergeblicher Jobsuche, dem Frust zuhause, wo in zwischen eine neue Frau Mutters Stelle eingenommen hatte, und ihren gelegentlichen Treffen an der Bushaltestelle, wo sie sich mit Nikotin bei Laune hielten. „Aber warum die Kippen, im Filter sitzt das meiste Gift." – „Kein Geld." – Marie war ratlos.

„Gibt es nichts Anderes, was noch Freude macht, damit ihr das Zeug nicht so oft braucht?"

Sie erfuhr, dass Fred, der Ältere, früher gejoggt hatte, dann aber zunehmend schlapp gemacht hatte – keine Lust mehr. – Das verstand Marie, hatte sie doch selbst nach dem Tod ihres Mannes alle Freude am Leben verloren. Ihre Freundinnen, die ihr beistehen wollten, hatte sei weggeschickt, sich mit Eierlikör über die Runden gebracht, bis sie immer mehr ins Abseits geraten war.

Nie hätte sie gedacht, dass sie wildfremden Jugendlichen so etwas Privates anvertrauen würde.

Zu ihrer Überraschung nickten die beiden verständnisvoll, und plötzlich war egal, ob jung oder alt, Mann oder Frau, ob Reihenhaus oder Bushäuschen, wichtig war nur Leben, Leben in seinen unterschiedlichen Facetten. Viel zu schnell kam Maries Bus. Sie glaubte ihnen noch schnell etwas mitgeben zu müssen: „Ihr habt keine Mutter mehr, aber ich bin auch eine, was ich euch zum Rauchen gesagt habe, hätte eure Mutter sagen können. Bei der nächsten Kippe denkt bitte daran."

Das leise „Danke" ging unter im Bremsgeräusch des Busses.

Doch ehe die Tür sich schloss, drehte sie sich nochmal um und sah, wie Florian leicht die Hand hob, als sei er im Begriff zu winken.

Kopflos

Eingezwängt
in Quadern und Würfeln
alle Wege geradeaus
bis Endstation Wand

mit dem Kopf
durch die Wand
macht blutig
nicht frei
die Weite vor Augen
steckt in der Wand
noch immer der Körper

Abgang

Sie hat sich entblößt
auf ihrem Weg nach oben
nur spärlich gewärmt
vom Tuch des Ruhms
schon haschen andere
nach einem Zipfel
von jähem Neid zerfressen

noch greift aus ihr Schritt
doch brüchig ist ihr Stand
mit den Rivalen Aug in Aug
springt Fragwürde sie an
bricht Eis auf ihrem Rücken

die huldigenden Hände
zerfallen im Applaus

irren ziellos umher
auf der Suche
nach neuen Ikonen

Abgerissen

Fäden gerissen
die lang dich hielten
an denen du zogst

sie schnellen zurück
an ferne Orte
dir nicht vertraut

Hindenken geht nicht
für Kopf und Füße
der Weg zu weit

in sich verharren
unbemerkt schrumpfen
wie Äpfel vom Vorjahr
die keiner mehr mag

wohin mit den Kernen

Schatten

sie wiegt schwer
die Bürde der Jahre
die Leiden der Welt
du linderst sie nicht
Zauber des Anfangs
längst verflogen

ein letztes Mal
die Reise ans Meer

auf deinen Wegen
stille Begleiter
die mit dir waren
und nicht mehr sind

an hellen Tagen
Schulter an Schulter
mit denen die blieben
halten wir stand
den dunklen Schatten

Abseitig

Das Leben pulst und drängt
du kannst das Tempo nicht halten
kommst in Verzug
wirst abseitig
folgst mühsam der Spur
der hängengebliebenen Worte
die du im Mund herumdrehst
ehe du sie ungesagt verschluckst

Sommertod

In den strahlenden Sommer
ein Loch gerissen
hat der Tod

kein Himmelblau
kein Blumenduft

kein Vogellied
kein Flügelschlag

aus schwarzem Nichts
glotzt Leere

Erde viel Erde
Berge von Erde
braucht es

eh aus dem Hügelgrab
keimt neue Zuversicht

Noch nicht

Grauweiße Undurchdringlichkeit. Ich komme von weit
her. Wo bin ich? Ich öffne die Augen. Orientierungslos
schweifen sie auf der Suche nach einem Halt, verirren
sich. Es macht müde, ich will sie wieder schließen,
doch da docken sie an, an etwas Festerem, das
Konturen annimmt. Ich bleibe dran, zwinge mich:
Nicht aufgeben jetzt! Eine vage Senkrechte schiebt sich
durchs Grau. Ich halte sie fest, lasse sie nicht wieder
abtauchen – bis etwas Waagrechtes sie durchkreuzt,
schemenhaft und blass. Ich lasse nicht locker. Die
Waagrechte bleibt. Ein Kreuz? Grabkreuz? – Nein, ein
Fensterkreuz zeichnet sich ab vor milchigem Wolken-
nebelgemisch. Durchhalten, durchblicken. Die Augen
wollen zufallen – da nehmen sie in der Ferne
Unebenheiten wahr, kleine Erhebungen im Einheits-
grau, ein Eindruck von Landschaft. Er verfestigt sich.
„Hügel" vermutet mein Kopf. Hügel, die aufeinander
zugehen, sich voreinander verneigen, zwischen sich

eine Lücke lassen, eine Lücke, einen Durchgang.
Soghaft zieht es mich dahin.
An der niedrigsten Stelle - eine Barriere - nicht klar
abgegrenzt, hinüberfließend in den Horizont.
Rodelbahn mit Buckel. Fast unmerklich gleite ich
hinüber – und wieder zurück. Ich hebe ab, schwebe
schwerelos hin und her über den Buckel, die Grenze. Es
ist so leicht hinüberzugleiten.
Da wird es heller, der Nebel weniger dicht. Ich strenge
mich an, fixiere die Grenze, sie erscheint klarer, wird
immer mehr zur Hürde, die überwunden werden muss.
Das Auge muss Maß nehmen, eckt plötzlich an an dem
Hindernis. Dranbleiben kostet Kraft. Ich muss Anlauf
nehmen um rüberzukommen. Mir fehlt die Kraft –
vielleicht auch der Wille. Was zieht mich noch auf die
andere Seite?
Ich bin müde, unendlich müde, will nur noch schlafen.
Doch ehe ich die Augen schließe, nehme ich sie wahr -
Risse – im undurchdringlichen Nebelgrau, kleine helle
Risse, die sich verbreitern, meine Blicke festhalten,
weg von der Grenze ziehen, hin zum sich wandelnden
Himmel.
Blau drängt sich hindurch, behauptet sich, leuchtet,
verbindet sich mit dem Blau daneben, macht sich breit,
verdrängt das Grauweiß, macht Platz für die Sonne, die
mich zurückführt in eine Welt, die ich kenne.
Die Hürde verwandelt sich in eine festgefügte Reihe
von Bäumen. Sie erheben sich in den Himmel wie ein
Regiment Soldaten, das die Grenze überwacht, die jetzt
unüberwindbar.
Ich sehe Häuser im Morgenlicht, Rauch aus den
Schornsteinen, geöffnete Fensterläden, nehme Geräusche wahr, ferne Geräusche von fahrenden Autos -
finde mich in einem fremden Zimmer, angeschlossen
an Kanülen, meine Hand auf einem weißen Laken,

darüber eine andere Hand, eine vertraute Hand. Ich spüre ihre Wärme.
Ich höre Kirchenglocken, höre eine Stimme, seine Stimme „da bist du ja wieder".
Ich freue mich da zu sein, will dableiben, bleibe da.
Das Überwinden der Grenze verschiebe ich.
Ich weiß, ich schaffe es, wenn die Zeit da ist.

Schade. Schön. Alles Gute.

Diese Narbe. Diese entsetzliche Narbe. Sie ist nicht zu übersehen. Springt Jana an. Vom Hinterkopf quer über den Schädel bis hinter das Ohr.
Eine Frau, vielleicht 40 Jahre alt. Der Mann daneben gehört wohl zu ihr. Immer wieder gilt ihr sein Blick. Ein liebevoller Blick. "Bald haben wir es geschafft. Bald darfst du nachhause." Sie hängt an seinen Lippen, will glauben, was er verspricht. Sie sucht seine Augen, lehnt sich zurück, ist beruhigt.
Sie schweigen miteinander, ein entspanntes Schweigen voller Beredsamkeit.
Jana steht ein wenig abseits, ist zu aufgeregt, um sich zu setzen. Zu lange ist ihr Mann schon im OP. Er müsste längst auf der Station sein, wenn die Prognose stimmt.
Aber man hat sie vertröstet, immer wieder vertröstet.
Was mag sich abspielen da unten, wo kein Zutritt erlaubt ist. Welche Narben wird er davontragen.
Sie schaut auf diesen kahlen Kopf vor ihr, kann sich nicht wehren gegen die Albträume, die ihr Gehirn durchzucken.
Nein, bei Paul ist es ja "nur" ein Wirbelbruch, nicht der Kopf, versucht sie sich zu beruhigen; doch ein flapsiger Spruch rast ihr durchs Hirn: "Operation gelungen -

Patient tot". Plötzlich wirkt der bedrohlich. Wie fernes Wetterleuchten.

Da wird sie abgelenkt. Vor ihr auf dem Sessel kommt Bewegung auf. Die Narbenfrau hebt die Hand, winkt. Ein Strahlen geht über ihr Gesicht. Eine Frau, die raschen Schritts über den Gang kommt, hat es ausgelöst; eine Frau, die sie zu kennen scheint. Sie hat es eilig, doch das Winken ist nicht zu übersehen.

Ein flüchtiger Blick, sie hält kurz inne, sieht die Narbe, erschrickt, wendet sich ab, als gingen die beiden Menschen sie nichts an, will sich rasch davonmachen, sichtlich irritiert.

Aber sie hat nicht mit der Hartnäckigkeit der Patientin gerechnet. Die stößt nun auch Laute aus, freudige Erregung signalisierend. Jetzt ist auch ihr Mann aufmerksam geworden, schaltet sich ein.

"Entschuldigen Sie, aber Sie sind doch Frau Weber, unsere Nachbarin aus der Wachtelstraße in Falken-bruch. Meine Frau hat Sie erkannt. Ich freue mich, dass Helga Sie erkannt hat. Sie hatte eine schwere Operation am Gehirn."

Es gibt kein Ausweichen mehr. Frau Weber muss sich der Situation stellen und bleibt jetzt doch stehen. "Wie geht es Ihnen denn jetzt, Frau Hofmann? ", fragt sie halbherzig.

Ein "schade, schön, alles Gute "überrumpelt und verunsichert sie nun völlig.

Bevor sie jedoch weiterhasten kann, versucht Herr Hofmann noch einmal zu vermitteln.

"Entschuldigen Sie, aber meine Frau kann noch nicht alles sagen, aber sie versteht, was man ihr mitteilt. Und laufen kann sie auch wieder. Bald hole ich sie heim."

Frau Weber rafft sich zu einem "Ja, dann wünsche ich Ihnen weiterhin alles Gute" auf und wendet sich zum

Gehen. "Schade, schön, alles Gute" kommt es prompt
zurück.

"Siehst du, Frau Weber freut sich mit dir, dass es
aufwärts geht".

Die hat längst ihren Weg fortgesetzt, kann das erneute
"schade, schön, alles Gute" nicht mehr hören.

Jana ist seltsam berührt von der skurrilen Situation,
wird jedoch aus ihren Gedanken gerissen.

Ein Klingelton.

Herrn Hofmanns Handy.

"Nein, ich kann noch nicht weg", hört sie ihn sagen,
"bleibe bis heute Abend bei Helga, kann sie nicht allein
im Krankenzimmer lassen. Hier im Gang hat sie ein
bisschen Abwechslung."

Seine Frau schaut ihn fragend an. "Keine Angst,
Liebes, ich bin ja bei dir. Ich bleibe da, solange du mich
brauchst."

Es folgt ein dankbares "schade, schön, alles Gute".

Ein wenig beschämt darüber, dass sie unfreiwillig
Zeugin dieses menschlichen Dramas geworden ist,
wendet Jana sich ab.

Wie lange wird er es durchhalten, dieser tapfere Mann?

Wie weit kann sie gehen, die Fürsorge für einen
geliebten Menschen?

Ob "schade, schön, alles Gute" auf die Dauer reichen
wird, das innere Band zwischen zwei Menschen nicht
abreißen zu lassen?

Als sie dann nach Stunden langen Wartens ihrem Mann
die Hand drücken kann und ihn sagen hört "es ist alles
gelaufen wie geplant, sie mussten nur die Schmerzen in
den Griff kriegen", kommen ihr vor Erleichterung die
Tränen.

"Schön. Alles gut", flüstert sie ihm dankbar zu.

Un-Ort

aus Häuserwunden stürzt
ins Freie fahles Licht
irrt unbehaust
durch rissige Mauern
stellt bloß das Grauen
an bleicher Wand
ein letzter Atem
durchweht die Räume
in Schutt und Geröll
schweigt kalt der Tod

Mein Freund Said
 oder
Kein Halten mehr

Häuser in Trümmern
die Geige Saids Geige
er braucht seine Geige
ich will sie retten

Said hält mich fest

In finsterer Nacht
die schwarzen Männer
sie holen den Papa
ich will ihm helfen

Said hält mich fest

Ein Platz nur im Auto
Schwesterchen Leila
zu schwach für das Elend
fährt mit Mama davon

Said hält mich fest

Dröhnender Himmel
Brandbomben fallen
wir rennen ums Leben
Said wirft sich auf mich

Er hält mich fest

Ich rieche die Haare
brennende Haare
spür voll Entsetzen
den zuckenden Körper

Doch Said hält mich fest

Sie nehmen ihn von mir
ich brenne von innen
werf mich zur Erde
Saids Grab feuchte Erde

Kein Said hält mich fest

Zu bleiben kein Grund mehr
Grund – Meeresgrund – Meer

trägt mich das Meer

******

ANNETTE KIMMEL

Schatten der Nacht

Die Dunkelheit birgt Schatten der Angst,
der Mond lächelt still durch die Nacht,
so manche Stunde, in der du bangst,
in der des Himmels Zeuge wacht,
über dich und deine kleinen Belange,
über alle in Hoffnung und Not,
über hoch oder tief, über kurz oder lange,
über Leben und über Tod.

Ein Henker küsst rosige Wangen,
ein Kind saugt innig die Brust,
es stirbt ein Greis voll Verlangen,
es tötet ein Kämpfer mit Lust.
Die Dunkelheit birgt Schatten der Hoffnung,
der Mond lächelt still durch die Nacht,
alles sucht seine Bestimmung,
der Zeuge des Himmels hält Wacht.

Gebäude 70

Als Jugendliche hatte ich das Gymnasium nicht
fertiggemacht und später meine Ausbildung zur
Erzieherin abgebrochen.
Wir hatten dann aber die Gesellschaft, in der man nicht
nach Qualifikationen und dergleichen fragen würde,
doch nicht aufgebaut und deshalb beschloss ich in
einem hellen Moment noch einen Funken Vernunft mit
an Bord zu nehmen und machte mit 27 Jahren eine
Ausbildung zur Fremdsprachenkorrespondentin. Mein
Abschluss war ein echtes Streberzeugnis. Dazu klebte

ich ein Foto auf das Deckblatt meiner Bewerbungen, auf dem ich vertrauenserweckender aussah als Jeanne d'Arc.

Also wurde ich zu Vorstellungsgesprächen eingeladen.

Eines davon sollte an der Universität Kaiserslautern in Gebäude 70 stattfinden.

Welcher Professor welcher Fakultät eine Sekretärin brauchte, daran kann ich mich nicht erinnern.

Ich fuhr in diesen Tagen einen prima R4-Kastenwagen.

Die Sache war nur, dass er meistens nicht ansprang. Ich hatte eigenhändig die Lichtmaschine zweimal aus- und eine andere wieder eingebaut - die Rollenverteilung zwischen Mann und Frau hatten wir in der neuen Welt auch abgeschafft - aber genutzt hatte es nichts.

Irgendwann einmal würde der Bosch-Dienst herausfinden, dass der Scheibenwischermotor einen Wackelkontakt hatte, aber bis dahin parkte ich das Auto brav am Hang, damit ich es zum Start rollen lassen konnte.

Jetzt wusste ich aber nicht, ob sich dieses Gebäude 70 an einem Hang befand.

Ich war auch nicht scharf darauf, meinen eventuell künftigen Chef darum bitten zu müssen, mir beim Anschieben zu helfen.

Deshalb lieh ich mir ein Auto von einem Freund.

„Klar!", sagte der, als ich ihn fragte, „kein Problem! Du darfst nur die Fahrertür nicht abschließen, weil sie dann nicht mehr aufgeht."

Adrett gekleidet fuhr ich nun in einem hellblauen Benz Diesel Jahrgang uralt zur Universität der Stadt Kaiserslautern.

Gleich beim Einbiegen in das Unigelände erblickte ich die Gebäude 67, 68, 69.

Bestens, freute ich mich, parkte das Auto auf dem nächstmöglichen Parkplatz, schnappte meine Tasche, stieg aus, schloss das Auto ab und eilte los.

Wo Gebäude 69 war, konnte Gebäude 70 nicht weit sein.

Dachte ich.

Aber!

Neben Gebäude 69 war kein Gebäude 70 weit und breit. Ich fragte einen Studenten, der gerade vorbeikam, ob er mir weiterhelfen könne. Ich hatte Glück, er kannte sich gut aus und erklärte mir den Weg: einfach die Straße immer geradeaus, bis ganz oben, dann links, das letzte Gebäude auf der rechten Seite sei Gebäude 70. Ich bedankte mich und lief so schnell ich konnte zu meinem geliehenen Auto zurück. Ich steckte den Schlüssel ins Schloss, doch bevor ich ihn umdrehen konnte, beziehungsweise nicht umdrehen konnte, erinnerte ich mich an die Anweisung meines Freundes. Noch unter Schock entdeckte ich aber, dass die Beifahrertür offen war, der Knopf war oben.

Erleichtert rannte ich um das Auto herum, nur um herauszufinden, dass ich ungefähr 20 cm vom nächsten Auto entfernt geparkt hatte. Einsteigen auf der Beifahrerseite konnte ich mir abschminken.

Doch Not macht erfinderisch: ich quetschte mich, pfeif auf die adrette Kleidung, zwischen die beiden Autos, öffnete die Beifahrertür soweit dies möglich war, streckte mein linkes Bein hinein und kurbelte mit dem Fuß die Fensterscheibe herunter.

Ganz Herrin der Lage rannte ich wieder um den Benz herum, kletterte auf die Motorhaube, auf das Autodach und von dort durch das eigens dafür geöffnete Fenster. Noch vom Beifahrersitz auf den Fahrersitz und schon saß ich – Gebäude 70 ich komme! - wieder hinter dem Steuer und fuhr los.

Im Nachhinein bin ich froh, dass Gebäude 70 nicht neben Gebäude 69 lag. Dann wäre ich mit sauberen Kleidern zu meinem Termin erschienen und hätte die Stelle vielleicht bekommen.
Trotzdem hätte ich danach vor verschlossener Fahrertür gestanden.
Mein Chef hätte dann vom Fenster aus beobachten können, wie seine neue Sekretärin auf das Autodach klettert und von dort durch das Fenster in ihr Auto einsteigt.

Und ehrlich – neue Wertvorstellungen hin oder her - wer wünscht sich schon so einen Einstand?

****

KARIN KLEE

Es ist nichts

Neuschnee über dem Hügelland
zwischen Bergen und Britten*
in alter Stille
das weiße Nichts

Herbstnebel vorm Fensterglas
zwischen Bergen und Britten
in alter Stille
das graue Nichts

kohlrabendunkle Nacht ohne Stern und Mond
zwischen Bergen und Britten
in alter Stille
das schwarze Nichts

Eckerts Wacholder glasig und klar
fließt durch Erwin und Edgar
in aller Stille
das blaue Nichts

*Bergen und Britten sind zwei Ortsteile der Gemeinde
Losheim am See im Norden des Saarlandes*

Nebelfieber

mein Knebelleben
in der asphaltfarbenen Zwangsjacke
meine Regenfibel
mit dem Einband aus Beton

meine Dreckfedern
an der Stahlwolkenwand
mein Regelhebel
im elenden Schnee

meine flaue Trauer
im lauen Raureif
meine faule Dauer
auf grauer Mauer

meine zahnlosen Tage
fade vergangenen Jahre

so sieht er aus
das ist er
mein Blues

Frau Blau

zahllos die Löcher
im uralten
grünen Kleid
weiß die Schuhe
und der Alabasterhut
sie schmelzen davon
feurig bluten die Augen
Atem dampft grau
über wunder Haut

doch

unermüdlich
dreht sie sich

die große Blaue
trägt weiter
aller Tage Last

Mutter?

Über die Dinge

mit Beinen wie Stelzen
mit Füßen wie Bleiklötze
mit Armen wie Schraubstöcke
mit Händen wie Knethaken
mit Fingern wie Tranchiermesser
schreiten
reißen
greifen
beißen
schneiden
die Dinge in mein Schreiben ein

Angesicht

ich bin
nicht ich
muss ich sein
muss nicht sein
muss sein

kenn mich
irgendwie
eher nicht
bestimmt
vielleicht sicher

wie viel
hier ich
und nichts
außer mir
wieder nichts

mein Gesicht
wie Granit
innen drin
lediglich
ich

Zwiebackglück

Ich hüte in betagten dosen
doppelt altbackenes glück
so kommt es
rasch beschworen
kaum vergoren
leicht geschoren
fast erfroren
halb verloren
wieder und wieder zurück

Bre-Du-Fa ZWO –
Brechdurchfall 2

Das Virus ist ein Wanderding
es spring von Kind zu Maama
und nimmt es so am Leben teil
ist 'leben' nur noch Drama
Das Virus ist ein böser Mann
denn es verschont den Opa

es lässt den Papa fröhlich sein
und hängt sich an die Oma

Beim Virus wie beim bösen Mann
hilft nichts, auch kein Sich-Mühe-geben
da nutzt nur eins, du liebe Frau
du musst ihn überleben

Hund und

schlau wie ein Affe
schön wie eine Schlange
stur wie ein Ochse
stark wie eine Kuh
- unser Hund

dauernd beim Doktor
täglich durchs Wiesental
dick da mit Dieters Dackel
dank dreierlei Futter
- unser Hund

wir machen alles
für unseren Hund

nur

Sorgen wegen der Sonne
Gedanken ums Klima
Hoffnung,
der Hunger in der Welt möge verschwinden
und das alte Haus endlich fertig werden
machen wir uns
für die Katz

und für die
ist kein Platz

schon wieder frühling

der himmel märzengrau
des winters letzter gruß
es kümmert keine sau
brauner schlamm am fuß
der erde lichtes blau

im hals aprilenpollen
im rücken nervenpein
man atmet ohne grollen
und will ein vöglein sein
umsonst das wollen

auf der haut die maiensonne
gegenüber winkt die blaue frau
wirft plastik in die grüne tonne
was ich mit grauen schau
von wegen frühlingswonne

Weismacher

doktor a aus b hat wohl recht
wenn er sagt, das zeug sei nicht wirklich schlecht
daher hat er auch keine bedenken
es beispielsweise in körper oder böden zu lenken

außerdem steht überhaupt noch nicht fest
was ein gift wirklich giftig sein lässt

31

hat es denn etwa schon tote gegeben?
im moment sind doch alle die leben am leben

doktor k aus s hat wohl recht
wenn er sagt, das zeug sei wirklich nicht schlecht

schrecklich lieb & schön böse

wenn einer eine Reise tut
dann kann er was erzählen
wenn er jedoch was böses tut
wird er's nicht gern erwähnen

beim schreiben ist es umgekehrt
da reist man ohne Schranken
dorthin wo es hübsch zerrt und zehrt
mit, in und durch Gedanken

es wird gelogen, umgebracht
natürlich nur zum Scheine
Gedanken, dunkler als die Nacht
- zum Glück sind das nicht meine!

Hopp und ex

Ich schneide die Hecke
im sonnigen Licht
da linst um die Ecke
des Nachbarn Gesicht

Er fackelt nicht lange
er zieht wie ein Mann

meinen Ohren wird bange
den Mäher heran

Es blubbert und zerrt
es ächzt und es stöhnt
es wummert und plärrt
ich werd' schrecklich verwöhnt

Meine Ohren sind Wunden
mein Gemüt nur noch Brei
es vergehen die Stunden
bald ist der Sommer vorbei

Mein Ruf geht ins Leere
Mein Nachbar, auch Du!
Ich nehme die Schere
und stech' leise zu

mehr oder weniger

keine frage bringt mich in rage
kein ruck setzt mich unter druck
nur der stechmücke stich geht mir
gegen den strich

****

RUNA NEUER

Ins Fäustchen gelacht

Die goldenen Strahlen der Frühlingssonne erhellten das
Atelier des jungen Franz von Stuck. Der erste wirkliche
Sonnentag, nachdem der April erst alles in Grau
getaucht und dann in Regen ertränkt hatte. Das warme
Licht wollte nicht zu dem Ölgemälde passen, an dem
von Stuck gerade arbeitete. Dort beherrschten grünliche
Töne und sattes Schwarz die Szene.
Der Maler musterte, was er bisher auf die Leinwand
gebannt hatte. Er kratzte sich am Kinn und wischte
dabei Farbe in sein Gesicht. Es fiel ihm nicht auf, dass
er sich durch die Mischung aus viel Deckweiß und
Grau an das anglich, was er gerade gemalt hatte: Den
Fratzen von Toten. Von Stuck brummte unwirsch. Er
kaute auf dem Pinselstil, während er drei Schritte von
der Staffelei zurücktrat. Wie jetzt weiter? Es ärgerte
den Maler, dass er nicht weiterwusste. Dabei war das
Bild schon fortgeschritten, um nicht zu sagen, kurz vor
der Fertigstellung. Vor ein paar Wochen hatte er einem
Freund noch von der Idee geschrieben:
„Ich plane ein großes Ölbild, in dem viele Tote und
Geister zu sehen sein werden." hatte es in dem Brief
geheißen. Und weiter: „Der Betrachter wird einzelne
Gestalten erkennen. Im Vordergrund wird er jemanden
sehen, der vor ihnen flieht. Sie sollen ihn jagen."
Der Hintergrund war auf das Leinen gebannt und das
Wesen, das vor dem Heer der Toten floh, angedeutet.
Es trug schwarz. Ein roter Umhang flatterte hinter ihm
her.
Die Hände umklammerten den Fetzen, als wolle sich
die Figur eine Decke enger um die Schultern ziehen.

„Verdammt!" knurrte Franz von Stuck das Bild an.
„Zeig mir dein Gesicht, du Mistkerl!"
Er kämpfte noch tagelang mit den Zügen der Gestalt.
Aber erst am 20. April kam ihm eine Idee, mit der er
zufrieden war. Endlich war er sicher, dass er einen
Mann malen würde. Endlich wusste er nicht nur, dass
er einen Mann malen würde, sondern kannte auch
dessen Frisur und wusste, dass er einen Schnurrbart
haben würde, der nur die Oberlippe unterhalb der Nase
bedeckte. Mit flinken Fingern mischte er einen
Schwarzton für die Haare an. Wenig später trug der
Flüchtende einen Seitenscheitel. Was von Stuck nicht
wusste, kaum eine halbe Stunde von seinem Atelier
entfernt wurde ein Junge geboren, der als Erwachsener
genauso aussehen würde, wie der Mann, der seinem
Pinsel gerade entsprungen war.

Eben dieser Junge wuchs im Schoß seiner Familie auf.
An einem sonnigen Tag etwa fünf Jahre nachdem Franz
von Stuck ihn unbewusst als Erwachsenen gemalt hatte,
entwischte der kleine A. seiner Mutter und der
Halbschwester. Seine Beine trugen den Ausreißer zum
Ufer des Inn, wo er mit den Händen im schmutzigen
Wasser patschte.
Eine Zeit lang schlug der Fünfjährige vergnügt aufs
Wasser.
Doch dann rollten die Steine unter seinen Sohlen weg
und ehe der Junge auf die Idee kam, dass er sich
festhalten musste, glitt er in den kalten Inn.
Sein erster Schrei ertrank in einer Welle, die der Kleine
mit seinem Gezappel selbst erzeugt hatte. Als er schon
sehr viel bitteres Wasser geschluckt hatte und ihm die
Augen vor Erschöpfung fast zufielen, riss ihn eine
Hand aus den Fluten. Müde hing A. in den Armen
seines Retters. Der war ein älterer Herr mit runder

Nickelbrille. Der Stoff des groben Anzugs kratzte an der Wange des Kindes, als Pastor Johann Nepomuk Krühberger dessen Elternhaus erreicht hatte und läutete.

Die Mutter öffnete. Tränen schossen ihr in die Augen. „Mein kleiner, süßer..." Die Koseform des Vornamens ertrank in Schluchzern. „Dass du... dass du... Oh, Herr Kühberger! Sie wissen nicht, wie glücklich sie mich gemacht haben! Der ist doch noch mein einziger Bub! Die anderen sind... Danke, Herr Pastor! Danke!"

Der Gottesmann lächelte verlegen. Zum Abschied lupfte er grüßend den Hut.

Der Teufel lachte an diesem Tag so laut, dass es im Himmel zu hören war. Er applaudierte dem Kleriker aus Passau, denn der Satan hatte in den Augen des Schicksals gesehen, was in etwa 30 Jahren geschehen würde und wozu der Junge aus dem oberösterreichischen Braunau am Inn in der Lage sein würde. Und der Satan hatte bei dem Gedanken ein Kribbeln im Bauch.

Der Pastor aber, der für dessen Mutter Kühberger ein Held war, hätte es noch zu viel Ruhm bringen können. Das wurde ihm erst klar, als er drei Jahrzehnte nach der Rettung im passenden Moment von seiner Wolke schaute.

„Was hab ich nur getan?" flüsterte er.

Franz von Stuck, der fünf Jahre zuvor ebenfalls gestorben war, ging es nicht besser, als erkannte, dass er den Mann, der auf der Erde Massenmord befahl, vor Jahren auf seinem Bild „Wild Chase" verewigt hatte.

Der Teufel lachte wieder so laut, dass die beiden Toten auf ihren Wolken zusammenzuckten.

Er gab erst Ruhe, als er keine Luft mehr bekam.

Folgenschwer

Ihre Füße klatschten auf den Asphalt. Wenn ich laufe wie ein Trampel, hat er mich gleich! Es war noch hell, aber die Zweibrücker Fußgängerzone um diese Uhrzeit verwaist. Am liebsten hätte die junge Frau sich im Rennen umgesehen, aber sie traute sich nicht. Wenn ich den Kopf drehe, dann... Der Atem brannte in ihrer Kehle. Sie riss die Lippen auseinander. Doch viel kam nicht bei ihr an.

Plötzlich bemerkte sie, dass sie ihren Fuß nicht bewegen konnte. Für Sekunden schwebte er in der Luft. Wie in einer Zeitlupe beim Film. Dann schlug die Frau auf dem Asphalt der Mühlstraße auf. Es fühlte sich an, als wäre ihre Lunge eingefallen. Sie stöhnte, hob langsam den Kopf. Als sie ihre linke Hand so drehte, dass sie die Finger genau betrachten konnte, sah sie zufällig über die Hand hinweg. Dabei entdeckte sie, eine Gestalt, die ihr zuwinkte. Jegliche Wärme wich aus der Frau. Kalter Schweiß perlte aus Nacken und Stirn. Den Blick noch immer auf ihre Hand gerichtet. Der Daumen pochte wie wild. Der Nagel lief bereits blau an. Am Mittelfinger brannte eine kleine, aber sehr schmerzhafte Schürfwunde. Genau wie am rechten Ellenbogen mit dem sie aufgeprallt war. Mehr konnte sie nicht feststellen, weil sie jemand ansprach.

„Was ist passiert?" fragte ein Passant, der sich über sie gebeugt hatte. „Können Sie aufstehen?"

Sie stöhnte. Sag bloß nicht, was wirklich passiert ist! Die stecken dich sonst in die die Klapse! Keine Ahnung, was er dir dann antut! Kalter Schweiß durchtränkte ihr T-Shirt. Sie sah alles vor sich. So wie es bei Nahtoderfahrungen immer hieß. Der Mann in dem staubigen Anzug, der sie mit fast schwarzen Augen gemustert hatte. Sein heimtückisches Grinsen

hatte ihr schon beim ersten Blickkontakt den Schweiß
ausbrechen lassen, sie gleichzeitig aber auch fasziniert.
Der Mann hatte zwei Barhocker von ihr entfernt an der
Theke der Timeless-Diner-Bar gesessen. Nach den
ersten Worten war er näher gerückt. Aus dem Smalltalk
war schnell zu einem seltsamen Gespräch über
übernatürliche Phänomene geworden. Die junge Frau
hatte versucht, ihm klarzumachen, dass dergleichen nur
in Büchern und Filmen existiere und dass die Magie bei
letzteren durch Computer erzeugt würde. Der hagere
Typ, der selbst wirkte wie eine Gestalt, die gut in einen
Horrorfilm gepasst hätte, ignorierte den Einwand. Er
redete stur weiter, sprach von Dingen, die bald
passieren würden. Und nicht irgendjemandem, sondern
ihr. Denn sie passe auf das, was er gesucht habe.
Daraufhin war sie vom Barhocker gesprungen, hatte die
Zeche geprellt, auf der Flucht vor ihm gestürzt. Ihren
seltsamen Gesprächspartner hatte sie ganz in der Nähe
entdeckt.
Als sie sich auf den Passanten stützte und hinter der
Karlskirche in dessen Wagen gehievt wurde, lugte sie
erneut über die Schulter. Kaum war das Auto losgerollt,
entdeckte sie die Gestalt erneut und verlor darüber fast
das Bewusstsein.
Der Schwindel meldete sich wieder, als ihr Retter ihr
die Hand zum Aussteigen reichte. Sie taumelte ein paar
Schritte neben ihm her, bis er sich bei ihr unterhakte.
„War wohl schlimmer, als gedacht?" fragte er voller
Mitgefühl. „Geht's wieder?"

Die junge Frau nickte mit hämmerndem Herzen. Sie
glaubte es sogar noch in ihrem linken Daumen zu
spüren, dessen Nagel inzwischen zur Hälfte blau
angelaufen war. Der Herzschlag verlangsamte sich auf
ein normales Tempo, als sie sich mit bebender Stimme

in der Notfallambulanz anmeldete. Glaubt die ich will sie verarschen? fragte sie sich als sie den skeptischen Blick der Krankenschwester auffing. Denkt wahrscheinlich, ich hätte zu tief ins Glas geguckt, weil ich aus'm Timeless kam und gestolpert bin! Obwohl sie sich noch immer nicht wirklich auf den Beinen halten konnte, funkelte sie die Frau hinter dem Tresen an.

„Ich bring übrigens nicht betrunken", presste sie mühsam hervor. „Unfälle passieren auch einfach so."

„Einen Moment, bitte." bat die Schwester, die Hände auf der Tastatur und die Augen starr auf den Bildschirm gerichtet. „Meine Kollegin holt sie gleich ab."

Kurze Zeit später lag die Verletzte auf einer höhenverstellbaren Liege, während eine Schwester ihr eine Kompresse für ihre Schürfwunden gab.

„Die Ärztin kommt gleich zu Ihnen!" sagte sie und verließ den Raum.

Kaum war die Frau alleine, betrachtete sie die Decke. Die war weiß. Links und rechts gab es im Kreis angeordnete Lüftungsschlitze. Während sie die zur Ablenkung ganz genau betrachtete, stellte sie Überlegungen an, ob die Schlitze tatsächlich zu einem Kreis verschmolzen oder ob der Eindruck mit dem Druck in ihrem Bauch zusammenhing. Ihre Darmschlingen schienen sich zu verknoten. Ihr Herz schlug wild und der dunkelblaue Daumen ihrer linken Hand pochte, als habe er vergessen, wo das Herz seinen rechtmäßigen Platz hat. Die Verletzte schluckte immer wieder trocken, aber die Panik würgte sie weiterhin. Alles drehte sich. Ich fall schon nicht von dieser dämlichen Liege! machte sie sich selbst Mut. Es half nicht viel. Wenn doch die Krankenschwester endlich zurückkäme! Jedes Mal, wenn jemand an der offenstehenden Tür vorbeilief, zuckte sie zusammen. Zur Sicherheit blickte sie wieder zur Decke und redete

sich ein, dass sie dann nicht von der Liege fallen konnte. Das Pochen im Daumen nahm zu. Es ähnelte immer mehr einem zweiten Herzen. Hör schon auf! Das kann doch nicht so wehtun! Ich muss mich einfach beruhigen! Aber das wollte nichts nutzen. Ihre Blicke wechselten fahrig zwischen Decke und Daumen, bis sie eine Bewegung bei der Lüftung direkt über ihr wahrnahm. Deren Mitte öffnete sich wie eine Tür aus einem Sciencefiction-Film. Als erstes schnellte eine Hand mit dazu gehörigem Arm aus dem Loch. Die Verletze sog laut Luft ein. Ihre Gedanken ratterten. Irgendwas an dem Stoff des Ärmels kam ihr bekannt vor. Aber sie kam nicht darauf, was es war. Sekunden später entwich jegliche Luft aus ihren Lungen, als nicht nur ein zweiter Arm, sondern auch das Gesicht ihres Verfolgers zum Vorschein kam. Sie biss sich in die heile rechte Hand, damit niemand ihren Schrei hörte. „Ich weiß nicht, warum du deine Augen so aufreißt!" säuselte er mit einer Stimme, die dem Tadel einer Mutter ähnelte. „Ich hab dir vor noch nicht mal einer Stunde alles was passieren wird en Detail erklärt! Und da wunderst du dich, dass du mich siehst? Ich mach mir eben auch meine Gedanken um dich!"
„Aber..." krächzte sie erschöpft.
„Immerhin bist du abgehauen, du dummes Gör!"
Sie war so geschockt, dass sie ihn nicht zurechtwies, weil er sie als Kind bezeichnete. Stattdessen starrte sie ihn mit offenem Mund an. Als er plötzlich ein Skalpell in der Hand hielt, quollen ihr die Augen fast aus den Höhlen.
„Was?!" quiekte sie.
„Ach komm schon!" schnaubte er und wurde sofort wieder versöhnlicher. „Ich habe es dir doch erklärt. Du weißt doch genau, was jetzt kommt."
In ihrem Kopf spulte sich ein Horrorfilm ab.

Sie hörte jedes Wort, das der Typ in der Kneipe gesagt hatte und ihre Gedanken lieferten Bilder, die der jungen Frau so gar nicht gefielen. Sie fixierte die Klinge, die sich, gefolgt vom restlichen Körper, ihrem pochenden Daumen näherte.

„Aber das kannst du... bitte...", entwischten Worte ihrem Mund, ohne dass sie bewusst sprach. „Bitte..."

„Ich muss..." Er spielte die unschuldige Marionette, dabei ahnte sie ganz genau, dass er seinen eigenen Plan ausführte.

Unter Bitten, Betteln und Flehen fixierte sie weiterhin die Klinge, bis die ihre Daumenkuppe berührte. Der Schmerzensschrei platzte in ihrer Kehle, bevor er den Mund erreichte. Der Edelstahl sank noch ein Stück tiefer in den Finger.

Dann legte der Kerl das Skalpell zur Seite. Er stand inzwischen neben der Liege. Seine kalten Augen begutachteten den Schnitt. Die Raumtemperatur fiel. Aber das schien ihn nicht zu stören. Er zog den Schnitt mit den Fingern auseinander.

Wieder wollte die Frau schreien, brachte aber keinen Ton heraus. Stattdessen riss sie Mund und Augen auf, bis er endlich eine Pause einlegte. Dabei grinste er in sich hinein, wie ein Kind vorm Weihnachtsbaum.

Dann griff er mit spitzen Fingern in die Wunde, die noch immer pochte wie ein kleines Herz.

Wieder kreischte die Frau stumm und sank zusammen, sobald er die Finger zurückzog.

Er drehte ihr kurz den Rücken zu. Gleich darauf präsentierte er ihr seinen linken Handteller.

Dort zappelte ein winziger Embryo. Unter der fast durchsichtigen Haut pochte ein Herz im selben Rhythmus wie kurz zuvor ihr Daumen.

„Danke, dass du meinen Sohn zur Welt gebracht hast!",
lächelte er und streichelte zärtlich, das haarlose
Köpfchen.
Im nächsten Moment wurde ihr schwarz vor Augen.

Vor der Haustür

Helmholtz-Gymnasium, Zweibrücken

Gerade hatte die 10a Geschichtsunterricht bei Herrn
W.. Der sprach über Kinderarbeit in den
viktorianischen Kohleminen. Lea hörte einige Mädchen
laut einatmen. Wenigstens waren alle leise und zeigten
Respekt, als W. von den Folgen für die Kleinen sprach.
In Lea brodelte es, seit das Thema angesagt worden
war. Jetzt platzte ihr der Kragen. Ihre Hand schoss in
die Höhe. Sobald W. sie aufrief, stand sie auf.
„Das war abartig, das will ich auch nicht schmälern.
Aber ist denen von euch, die beim letzten Pferderennen
gejubelt haben, bewusst, dass auch sie Kinderarbeit
unterstützen?"
W. starrte sie an. „Lea, bitte stör meinen Unterricht
nicht."
„Stören? Bitte? Wenn es um Kinder auf zwei Beinen
handelt, heulen alle rum! Das ist so verdreht! Einige
von euch nennen sich Tierschützer und retten Hunde
aus Rumänien! Was denen dort passiert, ist barbarisch,
keine Frage. Aber was ist mit den Tieren vor der
Haustür? Wir sind eine Pferdestadt. Aber was wissen
die meisten von den Sportlern? Den Pferden? Die
werden viel zu früh eingeritten! Es sind fast noch
Fohlen! Aber wer auf der Bahn was werden will, muss
mit zwei Jahren für die Rennen bereit sein! Für die, die
es nicht wissen: Ein Pferd ist erst mit vier oder fünf

Jahren so stabil, dass sie ohne Schäden Reiter tragen können. Würdet ihr auch jubeln, wenn es keine Pferde, sondern Kleinkinder wären, die sich auf der Rennbahn die Schienbeine brechen oder deren Lungen platzen?" Lea wartete nicht auf Antworten, sondern verließ den Saal und blieb auf dem Flur bis zum Ende der Stunde.

Kind um Kind

Etwas Vergleichbares hatte Sara hier noch nie erlebt. Die Krähen, die in der Allee an der Rennwiese nisteten, kreisten über einer ganz bestimmten Gruppe von Spaziergängern, obwohl der Weg gut besucht war. Sie kannte die Platanen und ihre Bewohner inzwischen seit zehn Jahren. Zusammen mit ihrem Mann Jonas, seinem Zwilling Niklas und dessen Frau war sie bei jedem Pfalzbesuch hier. Bisher hatten die Krähen nur Lärm veranstaltet, waren aber noch nie wie Bussarde über ihnen gekreist. Sara runzelte die Stirn. Während sie daran dachte Jonas nach diesem Verhalten zu fragen, setzten die Krähen plötzlich zum Sturzflug an. Als seien sie ein einziges Tier, sausten sie auf den Buggy zu, den Niklas lenkte. Bevor sie ihn erreicht hatten, bogen sie ab und attackierten stattdessen Sara und Jonas, die Arm in Arm ebenfalls einen Buggy schoben. Die junge Mutter warf sich mit einem lauten Schrei über ihre kleine Tochter. Was folgte wirkte nicht mehr real.
Um Sara herum gab es nur noch Schnäbel, Krallen, ihre Fäuste und die von Jonas. Sein Zwillingsbruder und dessen Frau waren erstarrt. Nur ihr Sohn Max stimmte in das panische Kreischen seiner Tochter Emma ein.

So unerwartet wie die Krähen angegriffen hatten, zogen sie sich wieder in die Baumkronen zurück. Sobald das Rauschen der Flügel verebbte, überrollte Sara eine Kältewelle. In ihren Fingern, mit denen sie Emmas Gesicht abtastete, hatte sie kaum Gefühl. Überhaupt konnte sie sich kaum auf den Beinen halten, so sehr zitterte sie. Jonas ging es ähnlich.

Alles, was die beiden sonst zustande brauchten, waren heisere Schreie: „EIN ARZT! HOLT EINEN KRANKENWAGEN!"

Erst in der Notaufnahme der Uniklinik wurde das Ausmaß des Angriffs sichtbar. Dr. Lachner hatte sich gewundert, dass die Sanitäter dem Vater noch am Unfallort etwas zur Beruhigung gespritzt hatten. Sobald er die kleine Patientin sah, war ihm alles klar. Auch warum niemand daran gedacht hatte, das Mädchen ins Nardini-Klinikum zu bringen, das näher am Unfallort lag. Trotz der energischen Gegenwehr ihrer Eltern mussten einige Krähen zu Emma durchgedrungen sein. Ihre Augenhöhlen waren nur noch blutige Löcher. Obwohl die Ärzte ihr Bestes gaben, konnten sie das Augenlicht nicht retten. Jonas und Sara unterzogen sich mehreren Psychotherapien. Aber sie kamen nie über diesen Tag hinweg.

6 Jahre später

Sara zog die Schultern hoch, als sie mit ihrer Familie durch Fußgängerzone bummelte. Bei jedem Geräusch, das entfernt an ein Krächzen erinnerte, zuckte sie zusammen. Zu Hause in Essen ging es ihr besser. Aber hier in Zweibrücken kam alles wieder an die Oberfläche. In Gedanken verfluchte sie ihren Therapeuten. Nur wegen seiner Schnapsidee sind wir hier! Dabei hat es doch super geklappt. Jonas' Eltern kamen eben regelmäßig zu uns! Als es über ihr krächzte, quetschte Sara Emmas Hand, die daraufhin protestierte.

„Tut mir leid, Maus." murmelte Sara. „Ich fühle mich in geschlossenen Räumen wohler."

Emma nickte. „Und wir sind hier, damit du dich auch draußen wieder wohlfühlst. Das hat Oma gesagt. Aber warum hast du den Regenschutz über dem Buggy? Marie muss doch total schwitzen!"

„Wegen Zweibr – "

Sara konnte den Namen der Kleinstadt nicht aussprechen, weil der Krähenschwarm, der bisher über ihnen gekreist war, vom Himmel stürzte. Emma sah die Vögel zwar nicht, hörte aber die Krallen und Schnäbel, die auf die Regenhaube des Buggys hämmerten. Sie klammerte sich ängstlich an ihren Vater, der sie instinktiv gegen die Krähen abschirmte. Als die Vögel nicht an seinen Sohn herankamen, wandten sie sich Jonas zu. Der stieß Emma beiseite, die taumelte und fiel.

„Schrei um Hilfe und geh in ein Geschäft!" hörte sie ihn rufen.

Zum Glück führte der Duft von Brot sie in die Sicherheit einer Bäckerei. Dort rief schon jemand, der den Aufruhr bemerkt hatte, einen Krankenwagen. Nachdem Jonas ebenfalls wegen schwerer Verletzungen nach Homburg in die Klinik gebracht worden war, ging ein Aufschrei durch die Kleinstadt. Sogar ein Vogelkundler wurde zu Rate gezogen.

„Krähen können sich Gesichter merken. Ich lese in dem Unfallbericht, dass Sie einen eineiigen Zwillingsbruder haben. Gibt es etwas, das Sie doch unterscheidet? Eine Narbe im Gesicht vielleicht?"

Jonas kratzte sich die Nase. Die stand ganz leicht schief, seit er sie sich gebrochen hatte.

„Krähen greifen nicht grundlos an." fuhr der Experte
fort. „Hatten Sie mal einen Zusammenstoß mit der
hiesigen Population?"
„Ich... also... ich hab mal Eier aus einem Nest in der
Allee geholt... aber das ist schon lange her..." murmelte
Jonas.
Der Ornithologe musterte ihn. „Das hat nichts zu sagen.
Krähen geben ihr Wissen weiter..."

****

GUNDELA NITSCHKE

Montag bis Freitag

Montag
Frühling. Früh im Jahr. Diesem Jahr.
Universumhimmel. Blau unendlich.
Das Gebäude ist gerade fertig geworden. Viel Glas.
Hohe Räume. Viel Licht.
Helle Echotöne. Schritte, Stimmen, Schritte.
Im Wartebereich Menschen. Weiche Sitzgelegenheiten.
Luftblasenwasserfall hinter Glas. Ablenkung.
Stille. Warten.
Eine junge Frau, Kopftuch geschickt geknotet, vor
ihrem Laptop.
Stimme aus dem Off. Herr Müller in Kabine 1.
Stille. Warten.
Hinter Kabine 1 sirrt die Maschine. Zwei Gray.
Zwei Minuten Hoffnung.
Frau Newman in Kabine 3.
Die Luftblasen fallen fallen. Blicke in den
kiesbepflanzten Innenhof.
Herr Müller auf dem Gang kommt zurück.
Kopfbedeckung aus der Tasche.
Draußen ist Frühling. Sehr helles Licht. Die Knospen
spitzen. Das Taxi wartet.
Morgen ist noch ein Tag.

Dienstag
Sie ist noch jung, vielleicht Anfang zwanzig, helle
Haare, helle Augen, helle Stimme, schnelle
Bewegungen, über der Schulter ein Rucksack
vollbepackt; an der linken Hand hält sie leicht ihre
sanftgrüne Maske. Sie winkt der Empfangsdame im
Foyer, nein, nicht zur Bestrahlung, ich bin fertig.

Sie winkt mit der sanftgrünen Maske, verschwindet im Lichtgang. Kann nur einmal bestrahlt werden mit dieser Dosis, sagte der Arzt.
Abschied hinter dem Lichtgang.
Sie kommt zurück, den Rucksack über der Schulter, schönen Tag noch winkt die sanftgrüne Maske, gleichfalls, und alles Gute.
Sie eilt durch die Glastür.
Draußen die Frühlingssonne, sehr helles Licht bis hoch hinauf.

Mittwoch
Noch immer Frühling; das Licht hell bis hoch hinauf.
Der Luftblasenwasserfall fällt und fällt.
Von irgendwoher Aufsteigen.
Im Wartebereich viele Menschen.
Herr Müller in Kabine 3. Herr Müller löst sich von seinem Sitzplatz.
Frau Färber in Kabine 4.
Hinter Kabine 3 und 4 sirren die Maschinen. Wieviele Gray heute Morgen.
An einem Tischchen spricht eine Frau auf einen kleinen Jungen. Vielleicht 7 Jahre, vielleicht jünger, vielleicht etwas älter. Das Gesicht ist breitflächig und sehr blass. Die Augen sehr hell und groß. Vielleicht fallen sie nach hinten, dann auch nach vorn. Auf dem Kopf eine dicke wollene Mütze an diesem warmen Frühlingstag.
Der Junge sitzt unbeweglich, die Ascheaugen irgendwohin. Die Mutter spricht in einer fremden Sprache auf ihn ein, legt eine Hand an seine Stirn, unsichtbare Haare aus dem Gesicht streifen.
Die Stimme aus dem Off wird sie bald holen.
Die grüne Maske liegt bereit.
Tschernobyl ist weit.
Draußen ist immer noch Frühling.

Das Licht hell bis hoch hinauf.

Donnerstag
Da sitzt sie nun.
Bis vor kurzem hatte das Leben leichte Füße, die Zeit
war ungezählt ausgefüllt, Spaß am Kleinen, Sehnsucht
nach Vielem. Die Sonne geht auf, der Tag hat Beine, er
geht zur Nacht, einschlafen, ein neuer Morgen wird
kommen.
Jetzt ist alles anders und fast weg.
Zeitplan unterm Luftblasenwasserfall, warten, die
Kabine ist bereit, die Luftblasen fallen fallen. Die
Maschine sirrt. Zwei Gray. Irgendwo irgendwohin.
Wie wird es ausgehen. Was schaffen die Strahlen.
Welcher Morgen wird wieder ein Morgen sein.

Freitag
Die Woche ist zu Ende. Draußen ist immer noch
Frühling.
Das Licht sehr hell bis hoch hinauf. Im Warteraum
viele Menschen.
Die Maschinen sirren ohne Pause hinter den Kabinen.
So viele Gray hier und dort.
Herr Müller in Kabine 1. Die Luftblasen fallen und
fallen. Frau Terschin in Kabine 3. Das wollbemützte
Kind mit hellen Augen wird hineingeführt. Ein
Ehepaar, lange Zeit miteinander, wartet. Er sieht noch
gesund aus; sie gebückt, Gesicht klein, die Augen noch
lebhaft, was haben diese Augen in all den Jahren
gesehen; die Zeit ohne Kanten und jetzt der große Halt.
Sie nimmt den Kopf zum Luftblasenwasserfall, ein
winziges Lächeln in einer Ecke.
Die Maschine wird arbeiten und etwas Zeit geben.
Er hat noch eine Woche vor sich. Blick auf den
Luftblasenwasserfall.

Montag bis Freitag. Dann wird man ihn fragen, ob er seine lindgrüne Maske mitnehmen möchte. Die lindgrüne Maske, die seine gesunden Gehirnteile geschützt hat.

Der Neurochirurg hatte sich gesetzt, viel breites Lachen.

Glioblastom WHO IV – man kann das nicht heilen, nur hinauszögern.

Das Gewebestück vorstellen, die gräuliche Masse, irgendwie war es herausgewachsen, wie eine Blase, zunehmend an Größe, wenn nicht geschnitten wird; eine Blase, wie wenn sie platzen könnte; er denkt sich das Gift, die irre gewordene Zellteilung, die alles überschwemmt. Er denkt an die Blase am Mount St. Helens, bis sie platzte, an die Blase, die sich an der Hekla geformt hat; irgendwann wird sie aufbrechen und für einige Zeit werden die Nachrichten von Island bestimmt.

Nach den Strahlen Reha.

Die Klinik liegt in der Stadt, wo er früher gelebt hat, Kinderzeit, Schulzeit, Tanzstundenzeit; eine Stadt im Grünen; Fahrt in die Zeit, die nicht mehr wahr ist.

Dann wird er aufbrechen, für länger. Island. Anfang und Ende der Welt in einem Punkt. Die Leere. Die Stille. Anhalten, warmes Nachfrühlingsgras unter den Füßen.

Warten. Schauen.

Hören nur auf das von den Felswänden donnernde Wasser.

Dableiben und staunen über die Berge, Täler, Felsen, Steinfelder, sich duckende Graspolster und trotzig blühende Sternmoose im Lavafeld, bevor wieder Winter wird.

Immer wieder staunen über den Wind, die Steine, das
Wasser, das Feuer, das Eis und darüber, dass es noch
nicht zu Ende ist.

wenn du stirbst

denk an den büffel
mit gebrochenem bein
ohne möglichkeit
löwen und hyänen
zu entkommen

am ende eines tages an
den ausgetrockneten fluss
und das grasende nyala
von rasenden wildhunden
zur strecke gebracht

die beieinander weidenden
zebras gnus impalas und
giraffen nehmen sich nichts weg
erinnerung nur an
irgendein paradies

die sonne rot
über den bleichenden
höhen von Mkaya sinkt
sie in ihren weg
für den nächsten tag

wenn du stirbst

Füße im Wasser

Der Himmel blau, unverstellt, das Licht der Sonne, ein
weiter heller Mantel. Hier ist das Meer am Indischen
Ozean wild; weiße Schaumkämme streiten lärmend.
Ruhe jedoch hinter den mächtigen Felsdamen, sie
erlauben kleine Wasserbecken.
An einen Tide-Pool setzt sich eine schmale weiße Frau.
Vorsichtig schiebt sie ihre Beine ins Becken. Ihr Mann
steht neben ihr, das Kind kniet, träufelt Wasser über die
Füße der Mutter.
Alles zerbrechlich.
Die Frau blickt nach vorn gebeugt ins Wasser.
Schmaler Nacken, kleiner Kopf ohne ein einziges Haar.
Der Mann steht noch immer als müsste er den
Überblick behalten.
Das Kind lässt aus der hohlen Hand Wasser über die
Beine der Frau laufen.
Noch gibt es für sie eine Sonne, können sie zusammen
sitzen und schweigen.

Einer muss da sein

Als man Jai Jai auf Marcel anspricht, wischt er mit der
Hand in der Luft, grinst breit und zischt: Hach, der war
'ne Pfeife. Ich war 'ne Zeit mit ihm in einer Klasse, hab
erst Wirtschaft mit ihm gehabt, aber dann ging 's. Wir
war'n in so 'ner Projektgruppe, hab ihn die Arbeit
machen lassen und hab in der Zeit am Computer das
Spiel mit den Kästchen und Minen gemacht. Wenn
Marcel nich weiter wusste, hab ich ihn auch schon mal
geschlagen, so mit der flachen Hand auf den
Hinterkopf, auch mal beim Unterricht.

Jai Jai lacht und kratzt ein Tattoo am Unterarm.
Freunde kommen hinzu.

Als sie von Marcel hören, grinsen sie tief; eine
Anekdote reizt die nächste.
Ey, wisst ihr noch, wie er am Anfang immer so
gestottert hat, wie er immer so behindert gelaufen ist.
Echt geil. Den haben sogar die Mädchen geschlagen,
mal festgehalten und geschminkt mit Lippenstift und
Rouge und so. Das war cool.

Jai Jai und seine Freunde lachen. Sie drehen sich einen
Joint.
Das mit dem Alkohol und so hat Marcel auch nicht
hingekriegt. Und dabei hat er doch die alte Ilona
gehabt. Jai Jai streichelt sein Piercing in der Unterlippe.

Die jungen Männer amüsieren sich. Sie sprechen über
einen ehemaligen Schulkameraden, der vor kurzem 13
Menschen und dann sich selbst erschossen hat.

Was bleibt ist ein Blumenmeer mit Kerzen und Fotos.
Und Erinnerungen bleiben, z.B. an Lea, 14 Jahre alt,
die davon ausging, das Leben noch vor sich zu haben.
Mit ihrer Freundin wollte sie Eis essen, als Marcel sie
erschoss.

Männer gucken

Zufällig kommt sie am frühen Abend an dieser
Straßenecke vorbei. Eine Gruppe dunkler Männer steht
beieinander. Sie reden laut, sie lachen.
In den Händen halten sie gemüsebunte Plastiktüten.

Ihr fällt erst jetzt das Geschäft mit den ebenso bunten Fenstern auf, vor dem die Männer stehen.
Alle haben eingekauft in ihrem neuen Supermarkt.
Man kann es sehen: Hier sind sie ein bisschen zu Hause.

Sie will schnell weitergehen. Doch sie zögert einen Moment.
Einer der Männer blickt sie unverwandt an. Augen ruhig und sehr dunkel.
Gefühl von einem Blitz, oder doch wenigstens Blitzchen.
Sie geht an dem Mann vorbei. Zum Auto.

Das Gesicht bleibt in Erinnerung. Sie denkt: Frauen mit Sehnsucht nach Männerblicken sollten zum neu eröffneten Supermarkt mit den gemüsebunten Fenstern gehen.

irgendwie schnee

über den hügeln
im gebein
der äste
keine ahnung
von grün
lässt auf sich warten
in rauchblauer
luft irgendwie
schnee

Januar

ein eckchen grau
schnee auf nassem asphalt
sitzt die amsel
guckt nach
frühling
duftend ohne
ein eckchen schnee

New York New York

die stadt über der
stadt in der stadt
über den brücken
die häuser über den
häusern den straßen
und wegen dazwischen
parkflecken geschnitten
sonnenstücke lautlos ausgelegt
an gras und blumen
ecken ringsum
auf stühlen
durchatmen einmal
in krümeln hüpfen
die paar spatzen

ganz viel licht

ins wolkenbett
vor einem fetzen
blau über dem
leintuch sand

denkst du dich
leicht

fallen aus der zeit

eine stunde türkis
blau aus der zeit
fallen an diesem
nachmittag schreit
die möwe
ankommen in Oman
kamele ohne eile
jenseits der bucht
zupfen gräser
keine aussicht auf
wasser

Sommermelodie

Die Tage werden länger, die Sonne lässt sich wieder
blicken, der Frühling steht vor der Tür.
Sie können sich auf die neuesten Lookouts freuen. Wir
haben Ihnen in unserem Journal die Essentials der
Mode-Must-Haves für das Frühjahr 2016
zusammengestellt: handverlesene Specials von Looks,
Outfits und Key Pieces, ab sofort in unseren Stores und
in unserem Online Flagship Store push.com zu ordern.

Sie sitzt auf der Terrasse.
Sie blättert in der Hochglanz-Zeitschrift.
Die Models lächeln nicht. Die eine junge Frau wirft das
Schmollmündchen so auf, als müsste sie brechen. Oder
sie hat Magenkrämpfe, zu große Hungergefühle.

Die andere steht beinverdreht, wo ist das nächste
Örtchen?

In Nachbars Garten der Rasenmäher:
brrr, brrr, brrruu, brrruu, brrruumm, brrruumm. Keine
Pause.
Sie sitzt auf der Terrasse.
Ab und zu denkt sie, jetzt ist er fertig mit der Arbeit,
der Motor sackt ab, tiefer gelegenes brrruu, brrruu,
brrruu. Summermelody.
Doch dann neuer Anlauf über den Rasen.
Da ist noch eine Gänseblümchenfamilie, nix wie
drüber, jetzt ist sie gefressen; ach nein, ein
Gänseköpfchen steht noch. Nagelschere her und weg
damit.
Sie sitzt auf der Terrasse, blickt auf bauchige
Wolkenschiffe.
Dann schweigt der Rasenmäher. Sie blättert im Journal.
Die beiden Yachtdesigner der Farelli-Werft zeigen
Zahnweiß für die äußergewöhnlichen
Kreidezeichnungen der New Yorker Künstlerin Ziska
Waiterman.
Der Reiseveranstalter Joony Licky schreibt last but not
least ein Willkommen bei uns zu Hause: Werden Sie
außergewöhnlich.

In die Stille das Gurrensirren ihres Reißwolfs: grrrsii,
grrrsii, grrrsii. Ein Model nach dem anderen geschafft.
Yachtdesigner, Künstlerin und Joony dahin.
Dann grüne Ruhe. Ruhe.
Die Sonne scheint noch. Das gute Wetter hält. Sie sitzt
auf der Terrasse.
Beim anderen Nachbarn brummt der Rasenmäher auf:
brrr, brrr, brrruu, brrruu, brrruumm, brrruumm.
Sommermelodie.

Warten

Hast du was gesagt?
Ich dachte, du hättest was gesagt.
Warum sagst du denn nichts?
Immer sagst du nichts. Immer muss ich was sagen.
Oder dich fragen. Und dann kriege ich auch keine
Antwort. Leg doch mal das blöde Smartphone weg. Für
deinen Halswirbel ist das Runtergucken auch nicht gut.
Und ab und zu sollte man sowieso mal in die Ferne
gucken. Das tut deinen Augen gut. Glaubst du nicht?
Sag doch mal was. Immer sagst du nichts.

plimm plemm

plimm plimm jau ja
jipp ippi i ich hab sie
geknallt kabumm bumm
bumm bumm bumm
geil fuck kabumm
ka rach hinein
uh uh der level schwach
kaputtkaka transmi weh weh
stit tit weh weh du schwalbe
tot kaputtkaka
bumm bumm bumm bumm
kaputt putt putt
putt
putt

Das Buch

Der Titel fiel ihr in einer Ankündigung der
Neuerscheinungen auf. Die Frau will das Buch lesen.
Der junge Mann in ihrer Buchhandlung holt es aus dem
Regal. Sie nimmt es vorsichtig entgegen:
Ein schmaler Band, weißer Schutzumschlag, schwarzer
Buchtitel und Verfassername, in Rostrot der Untertitel
und die Innenseiten des Buchdeckels. Ein bisschen wie
geronnenes Buch, denkt sie.
Sie legt das Buch an der Kasse auf die Tischplatte.
Heute kassiert die Geschäftsführerin persönlich, eine
Leben zugewandte, kräftige Frau um die vierzig. Noch
vor kurzem frische Mitteilung an bevorzugte Besucher
ihrer Buchhandlung über rührende Hochzeitspläne mit
ihrem fortwährenden Lebenspartner.
Einfühlsam rückt sie das Buch auf dem Tisch gerade,
ihre Hände bleiben einen Moment am weißen Einband.
Das ist schön gemacht, kommt es aus ihr. „Sterben“,
eine Erfahrung, von Cory Taylor. Soll ich es als
Geschenk einpacken?
Nein, danke, das ist für mich.
Die Frau bezahlt, nimmt das Buch.
Sterben verschenkt man nicht, das behält man für sich.

Mitteilung

Die Flure sind lang und weiß. Viele Türen gehen in
Zimmer, es ist still. Auf dem Gang am Nachmittag der
Kaffeewagen.
Dieser Flur erscheint der Ärztin besonders lang und
still.
Sie ist jung und trägt ein ernstes Gesicht.

Das mit dem Tumor bei Patientin Krone übernehmen
Sie mal, Frau Kollegin. Ist eine gute Übung.
Der Chefarzt vor einer halben Stunde.
Erinnerung an ein Trainingsgespräch vor einigen Jahren
mit einer Schauspielerin während des Studiums. Dauert
es dieses Mal auch nur drei Minuten?
Die Tür öffnen.
Eine Frau, noch nicht sehr alt, sitzt am Fenster.
Am besten gleich sprechen.
Das Bild, das wir jetzt von Ihrem Kopf haben, erklärt
uns nun die Symptome, die Sie in den letzten Wochen
hatten. Es könnte sich dabei um eine Raumforderung
im Hirn handeln. Und vielleicht ist es ja eine gutartige.
Genau kann man das noch nicht sagen.
Erster kleiner heller Schrecken in den Augen der
Patientin.
Meinen Sie einen Tumor?
Die Ärztin nickt erleichtert.
Das dachte ich mir, kommt es aus der Patientin. Und
selbst wenn der Tumor im Moment gutartig ist. Er wird
sich ändern. Ich weiß es. Etwas anderes zu denken, ist
ein Fehler.
Die Ärztin nickt erleichtert.
Sie fühlt wieder Boden unter den Füßen. Schwarze
Schleier heben sich.
Ist Ihnen nicht gut? Kann ich Ihnen helfen, Frau
Doktor? Brauchen Sie ein Taschentuch? Nehmen Sie es
nicht so schwer, legt die Patientin eine Hand auf den
Arm der Ärztin. Nun kenne ich meine Zeit. Und
glauben Sie mir, für das erste Mal haben Sie Ihre Sache
ganz gut gemacht.

******

WOLFGANG OHLER

Luk ist tot

Meine Gedanken sind bei dir, Lukas. Nicht bei dem,
der dort drüben liegt, im Sarg, und den ich nicht
wiedererkannt hätte, wäre ich ihm vor einer Woche
zufällig auf der Straße begegnet. Fremd wären wir uns
gewesen, du und ich, nach so vielen Jahren. Die Zeit
hat uns auseinandergebracht. Wenn ich an die kurze
Spanne unserer Freundschaft denke, dann stehen die
Jahrzehnte danach wie eine große Leere zwischen
damals und heute. Ich weiß, das ist Unsinn, wir haben
unser Leben gelebt, jeder für sich, seit wir den Ort
unserer Kindheit verlassen haben. Aber einer hat den
anderen verloren und damit den Halt. Wie eine
Zentrifuge hat die Zeit uns in die Welt geschleudert,
beide sind wir haltlos durchs Leben gestürzt. Die
Todesanzeige hat uns wieder zusammengebracht.
"Plötzlich und unerwartet aus dem Leben gerissen...".
Glockengeläut setzt ein. Der Sarg senkt sich in die
Erde. Der Kaplan reicht der kleinen Frau, die vor der
Grube steht, die Hand. Sie mag Anfang fünfzig sein.
Luks Witwe? Unter der Todesanzeige hatte nur ein
Name gestanden.
Ich begebe mich auf Zeitreise. Ein halbes Jahrhundert,
tauche ich hinab in die Vergangenheit. Dort unten in
der Tiefe herrscht ein mattes Dämmerlicht, das Vieles
verbirgt, die Ecken und Kanten stumpf macht, manchen
Dingen die Schärfe und Strenge nimmt.
Ich taste mich durch den dunklen Flur, öffne leise den
Korridor, schlüpfe ins Treppenhaus. Das Minutenlicht
flammt auf, Lukas kauert auf der untersten
Treppenstufe, die Knie angezogen, das Gesicht auf den

verschränkten Armen, seine Schultern zucken. Ich weiß, was geschehen ist: Der Alte hat ihn wieder verprügelt. Alle im Haus haben mitbekommen, wie er am Abend in seinem Suff grölend die Stufen zur Mansarde hinaufgepoltert ist.

Ich hocke mich neben den Freund, finde keinen Trost und keine Worte. Fühle, wie es mir die Kehle zuschnürt. Mir ist kalt. Die Lampe verlischt, wir sitzen tief unten am Grund der Welt, auch die Zeit erlischt. Durch das Treppenhausfenster sickert ein wenig Licht von draußen. Ich fühle Luks Nähe und fühle auch, wie unsere Freundschaft die Oberhand gewinnt über seine Verzweiflung. Der Kloß in meiner Kehle wird weich und löst sich auf. Ich könnte jetzt sprechen, aber ich sage nur seinen Namen: Luk. Ich allein nenne ihn so.

Nach einer Weile steht er auf, drückt den Knopf des Minutenlichts und setzt sich wieder schweigend neben mich. Ich blinzele in die Helligkeit. Das Licht verlöscht, die Schwärze des Treppenhauses schlägt über uns zusammen. Unsere Augen gewöhnen sich an das Dunkel. Ich stehe auf, drücke das Minutenlicht. Wir spielen das Spiel Tag und Nacht, hell und dunkel, Licht und Schatten, alles oder nichts, ein Ritual unserer Kindheit. Das ist meine Erinnerung an jene Jahre nach dem Krieg: hell und dunkel im Rhythmus des Minutenlichts, Blitzlichter und Momentaufnahmen, die karge Kulisse des Treppenhauses, Kälte, die unter das Hemd kriecht, aber die Wärme unserer Freundschaft. Und diese Erinnerung hat ihre eigene Melodie. Luk zieht seine Mundharmonika aus der Hosentasche und spielt sachte die Akkorde eines Blues: Strange Fruit. Komm, Luk, wir rauchen eine, sage ich in die Dunkelheit. Ich taste nach der Zigarette in meiner Hemdtasche. Das blaue Phosphorflämmchen des Zündholzes sticht mir ins Gesicht und erlöscht. Ich nehme einen tiefen Zug. Das rot glimmende Auge wandert hinüber, blendet auf und kommt zu mir zurück. Eine Beerdigung wie in einem alten Schwarzweißfilm von Melville. Stumm und düster die kleine Schar Menschen in dunklen Mänteln, schwarzbraun der aufgeschüttete Erdhügel, den die Rinnsale des Nieselregens eingekerbt haben, dahinter die Silhouette der Zypressen wie ihre eigenen Schatten. Die Welt ohne Trost und Licht. Dieser triefende Regen setzt uns allen zu. Er tropft von den Hutkrempen und Schirmen und weicht die schwarzen Schuhe auf. Den einzigen trockenen Platz hast du, Lukas.

Die Erinnerungen drängen sich vor die Gegenwart, wie Regen rauschen sie über die Szene vor meinen Augen, legen sich über die Stimme des Kaplans. Der Film zieht graue Schlieren, die Bilder springen, es regnet knisternde Striche und Fäden. Ich höre andere Stimmen und Geräusche, die zu anderen Bildern passen. Schwarz verkohlte Balken der Ruinen. Auf dunklem Asphalt zeichnet ein Brocken Trümmergips eine große, weiße Sonne. Der Erinnerungsfilm ist über die Wirklichkeit geblendet. Nur die Farben drinnen und draußen dieselben: schwarz und grau.

Wo ist der Anfang der Geschichte unserer Freundschaft und wo ihr Ende? Eine Geschichte ist kein Güterzug, der mit der Lokomotive beginnt und mit dem letzten Waggon endet. Wie oft haben wir droben am Bahndamm die Güterwagen gezählt und anschließend gestritten, wer mit seiner Zahl Recht hat. Schon eher lässt sich meine Geschichte mit den beiden Schienen auf dem Schotterdamm vergleichen: In der Ferne schließt sich das doppelte Band; aber es ist nur ein scheinbarer Schluss, Luk. Folgt man dem Gleis ein Stück, indem man von Schwelle zu Schwelle hüpft oder wie ein Seiltänzer mit zur Seite gestreckten Armen auf einem Schienenstrang balanciert, so kommt man ihm nicht näher, diesem imaginären Schnittpunkt, er bleibt immer in derselben Ferne.

Es gehört Übung dazu, eine in der Dunkelheit wandernde Zigarette zu rauchen. Man muss den von Zug zu Zug schwindenden Abstand zwischen dem Mundstück und dem glimmenden Ende abschätzen können, wenn man mit spitzen Fingern zugreift. Beim nächsten Zug spüre ich schon die Glut an den Lippen. Luk macht dem Spiel ein Ende: Ein kurzes, sprühendes Feuerwerk zeigt mir, dass er die Kippe am Treppengeländer ausgedrückt hat.

"Alles okay, Luk?", frage ich, und aus dem Dunkeln antwortet ein Stoß mit dem Ellenbogen. In dem stummen Nebeneinander ist unsere Freundschaft spürbar, so wie Kälte und Wärme spürbar sind.

Die wenigen Trauergäste formieren sich zur Reihe. Ich werde mich am Ende anschließen. Der Frau am Grab meines Freundes werde ich die Hand geben, aber kein Wort sagen; wer weiß.

******

GERHARD RINSCHE

Kleine ländliche Moritat

Am Waldrand
lachen die Krähen
über die Bauern
die säen – vergeblich.

Die Bauern finden
die Furchen nicht
vergessen besoffen
Arbeit und Pflicht.

Zu Haus die Frauen
sie weinen
auf überlasteten Beinen.

Die Äxte stehen
bereit hinter Türen
zu beenden
die eitlen Allüren.

Ein Jahr später
ward festgestellt
keine vermisst
ihren Antiheld.

Wieder lachen schallend
die Krähen
über Bauern
die –
nicht mehr säen.

Die Moralen
von der Ballade:
Um manche Männer
ist's nicht schade.

Das Dorf starb aus
laut Information
mangels Folgen
männlicher Erektion.

Denn fehlen die
Glieder im Bunde
geht die Menschheit
vor die Hunde.

Zusammen auseinander

Als sie
zusammen waren
setzten sie
sich oft
auseinander.

Seit sie
auseinander sind
sitzen sie
oft zusammen.

Liegen
fällt flach.

Ein Wunder

„Gertrud, wo bleibst du nur. Ich fühle mich so schmutzig, außerdem hatte ich heute Nacht wieder solche Träume. Ich war achtzehn, von allen Seiten kamen Soldaten, Russen! Wären doch nur die Amis damals nach Dresden gekommen …"
Frau Gertrud beugte sich zu ihrer verstörten Mutter in den Rollstuhl, streichelte ihre Wangen.
Nachdem sich die alte Frau einigermaßen beruhigt hatte, ließ sie Badewasser ein.
Das Ausziehen ging leicht vor sich.
Weißt du, Gertrud, diese Russen … Nie lassen sie mich in Ruhe!"
Ist schon in Ordnung, Mutti. Ich bin bei dir."
Sie spürte alle Rückenwirbel, während sie die alte Dame in die Wanne hievte.
Nimm dich vor den Russen in Acht, Gertrud! Und die Tschechen sind auch nicht viel besser!"
Gewiss, Mutti. Du weißt, dass ich auf dich höre und immer vorsichtig bin."
Bewegungslos lag die Greisin im Wasser.
„Möchtest du noch etwas, Mutti? Willst du den Kamillentee gleich oder nach dem Bad?"

Zehn Minuten später hob Gertrud ihre Mutter heraus.
Der alte Körper schien sich plötzlich selbständig zu machen. Gertrud wurde schwindlig, sie plumpste nach vorne, mitten ins Badewasser.
Mutti fiel unsanft auf den gefliesten Boden.
Das knackende Geräusch bekam die Tochter gerade noch mit.
„Gertrud, was ist denn! Wo bleibt mein Kamillentee?"
Mutti zog sich am Wannenrand hoch, sah ungläubig auf den Körper im Badewasser.

„Gertrud! Ich kann wieder gehen! Gertrud, sag doch was!"

Sie humpelte in die Küche, von dort wieder zurück.

„Ein Wunder ist geschehen, Gertrud, ein Wunder!"

So kam, was niemand für möglich gehalten hatte.

Gertruds Mutter konnte zu Fuß zur Beerdigung ihrer Tochter gehen.

Der Pfarrer bedauerte in seiner Grabrede das tragische Schicksal der Verblichenen, wies aber auch entschieden auf das Wunder hin, das der Mutter geschehen war.

„Der Herr gibt und nimmt. Lasst uns etwas von den Qualen und Tröstungen vernehmen, die Hiob verheißen waren."

Mit einem unauffälligen Seitenblick schielte er auf seine Armbanduhr.

In einer knappen Stunde musste er die nächste Rede halten, am entgegengesetzten Ende der Stadt. Und das Auto sprang in letzter Zeit nicht immer an.

Über Karosserie und Motor war ja nicht zu meckern – es musste am Anlasser liegen.

„Hiob tat seinen Mund auf und sprach: Ausgelöscht sei der Tag …"

„Es waren die Russen. Sie haben meine Tochter umgebracht. Diese Scheißrussen, die Verbrecher", flüsterte Gertruds Mutter vor sich hin.

Sie trug den schweren Mantel, den Gertrud für Muttis Beerdigung extra gekauft hatte.

Haushaltsauflösung wegen Todesfalls, dreißig Euro, aber neuwertig. Eine Anschaffung fürs Leben.

Nach Nachrichten

Zwischen
Biebelsheim und Wörrstadt
Schuhkommode auf der Fahrbahn.
Schuld ist
ein Rentnerehepaar
mit Migrationshintergrund.
Unterernährte
kriminelle Grenzverletzer
vor San Diego
festgenommen.
Im Iran
steinigen neunundneunzig
Gerechte eine
Ehebrecherin.

Italiens Präsident
verfasst den
zweiten Römerbrief!

Dann singt Roy Black
von einem
weißen Blumenstrauß.

Jetzt
schnell weg
die Dachrinne reparieren
oder
das Fahrrad.

Fußgängerzone(n)

Verglaste Trutzburgen
Flachdächer.
Zur Förderung
von Schönheit
und Wellness.

Nicht für Näherinnen
in Bangladesh.

Kauft, ihr
Abteilungsleiterinnen
Friedhofsgärtner
Staranwärter
Tankstellenpächter
Arbeitsscheuen
Jungseniorinnen
Erostessen.
Für jede Größe
erschwinglich
das Passende.

Nicht für Näherinnen
in Bangladesh.

Sonnenglast
im Spiegel
der Glasfassaden.
Die Kolosseen
von heute
sind blutleer.

Hoffnungen

Auch im Maul
des Drachens
lebt man.
Täglich
Hoffnung, nicht
verschlungen
zu werden.
Und
falls doch
wird er
zügig kauen.
Gier
ohne Genuss.

Schnell
vorbei.

So einer

Er ist einer
der alles vergeigt
aus Gold
Scheiße macht.

Als Kind
ertrinkt er beinah
im Planschbecken.
Sein Vater lacht
unherzlich
laut.
Unter den Zwangsduschen
im Internat

verlernt er
das Weinen
schluchzt nur
im Traum.
Zum Versagen berufen
der Giftzwerg
spottet ein Lehrer.

Fragt nicht
was der macht.

Er ist einer
der alles vergeigt
aus Gold Scheiße
aus etwas
nichts macht.

Macht.

liebesglück

ich liebe
gegenstände

sie fordern nichts
stützen mich

liebe
mein fahrrad
mein telefon
meine uhr

droht
mir nie

gibt mich
nie auf

liebe
mein radio
mein taschenmesser
mein weinglas

verletzt
mich nicht
auf euch
ist verlass

Nach dem Umzug

Blick aus
dem Küchenfenster.
Hauptfriedhof.
Niedrige Mauer
dahinter
Büsche
Gräber
Kreuze
Engel.

So friedlich.

Glück gehabt
mit der neuen
Nachbarschaft.

Abschied eines Tierfreundes

Der Körper mag
nicht mehr
durch Zeit und Raum.

Die Seele schenkt
läuft's gut
noch einen Traum.

Geliebte Wesen
ziehn vorbei
sie grüßen.

Am untern Ende
kitzelt's an
den Füßen.

Man kann und
braucht sich
nicht mehr kratzen.

Das letzte Bild:
vier hochgeschätzte
Tatzen.

Irgendwann abends

Warte bei Rotwein
auf Sensation.
Wartest umsonst!
klingt es wie Hohn.

Wer wars
der da sprach?
Redet das Dach?

Nach dem
dritten Glas Wein
fällt mir
siedendheiß ein:
Tinnitus.
Aus dem Kamin
weht Ruß.
Schön wär
ein Kuss.
Doch es liebt
mich keine.
Deshalb:
Weine.

Moni und Kevin

Kevin reizt
Moni mit
seinem Geiz.
Deshalb geizt
Moni mit
ihrem Reiz.

Böser Traum

Nach der Rettung der Welt
wurd's mir langweilig
ich bereute
bitterlich.

Sehnte mich nach
kleinen Schurkereien
und Händeln.
Nahm mir vor:
Nie wieder gut sein.
Genoss nach dem Aufwachen
den leichten Schwindel
vom Dornfelder halbtrocken
am Abend zuvor.
An dem ich die
Welt retten wollte.

Einem einsamen alten Fußballer

Steht passiv
im Abseits
vor leeren Rängen
nur noch
ein Gegenspieler.
Der Schiedsrichter
sieht auf
die Uhr
der Abpfiff
rückt näher.

****

HEIDE WERNER

Bilder

Ich hab ein Bild von mir
Im kurzen Faltenrock mit Flechten
Ich sehe wachsam aus und ganz gewiss
Schau ich gerade nach dem Rechten.

Ich hab ein Bild von mir
Wo von den Fragen die ich stellte
So manche Spur zu sehen ist –
Und von der Antwort die mich quälte.

Ich hab ein Bild von mir
Ganz sicher keins das andere von mir haben
Ich streb es an und schau ihm nach – es wird
Wohl einst mit mir begraben.

Biesinger Blatt berichtet

Besondere
Begebenheiten: ein
bisher nicht als
beißfreudig
bekanntes Bübchen
biss
braven
Bichon frisé –
belgische Rasse – ins
blankrasierte
Bein.

bebend
beschwerte sich
Besitzerin
beim
bestürzten
Betreuer des
bissigen
Burschen. Ob
Besprechung der
beiden
Betroffenen
befriedigend
beendet ist nicht
belegt.

Bewiesen ist
Begegnung
bewegungsfreudiger
Bürger mit
bleichem
Biesinger der sie
beschwörend nach
blondem
Buben
befragte.

Besondere Kennzeichen:
Brustgeschirr.
Band gerissen.

Blamabel

Betriebsleiter
bittet
begabten in
Buchführung
bewanderten
Bernhard um
Beistand
bezüglich
besonderer
Bilanzen.

Blöd!
Bitte um
Bedenkzeit.

Betriebsleiter
beeilt sich
bestechende Argumente zu
bringen:
beispiellose
Bewegung nach oben
Beraterposten
Blendende Aussichten:
Braver
Bube behauptet:
Bin in
Buchführung
bestimmt nicht
begabt
Beschäftigung am PC
bescheiden
bleibe
beim

Bleistift.

Betriebsleiter erst
bleich dann
böse.
Betrüblich! Unter
besonderer
Berücksichtigung des
Betriebsklimas und mangelnder
Befähigung
Beschäftigungsverhältnis
besser
beenden.
Bitte.

Beim
Bier in der
Bar
befallen
Bernhard Zweifel:
bin ich
bescheuert?
Barkeeper
beruhigt:
bloß
bisschen
blöde.

Fataler Fehlschluss

Freche
Fürsprecher von
fit
for
fun
fordern
freudiges
Fasten
fröhliches Joggen
fortgesetztes
Fahrradtraining
für
Frische und
Form.
Fest steht: auch
fitte
fallen
früher oder später aus.
Fehlschaltung. In

ferner
Frühzeit wurde
Füllhorn geleert:
frohgemut getafelt
Ferkel
Froschschenkel
Fasan
Felsenbräu und
frostkalte Schnäpse.
Für
Fromme erfanden
Findige
Fastenbrechen mit

fetten Pfannkuchen
feinen Süßspeisen.
Fahrradfahren nur
for
fun.
Fortlaufen und
Fersengeld höchstens bei
Fährnissen.

Für alle
Fälle: Fasten
findet später –
falls gewünscht – im
fünften Himmel statt.

Gen-ealogie

Gegenüber wohnt
Gelegenheitsdieb
Gunther
grade in
Gefängnis.
Genealogie
gibt Aufschluss.

Großvater sah sich
gern als
grundehrlicher
gradliniger
Gutmensch.
Glatt
gelogen
geradezu
grotesk!

Gewinnsüchtiger
Großindustrieller
Geld auf den
Galapagos
geparkt.
Gesellschaftlich
großartig
gegenüber
Gemeinwohl
gleichgültig.
Gegenwärtig im
„Golden age"-Heim

Ganzes Vermögen
ging an nicht
gleich
gearteten Sohn.
Glücksspiel
großkalibrige
Gefährte
gutgebaute
Girls
giftige
Getränke
grässlicher Unfall.
Gewinn für
Gunther
gering:
gesoffen
geraucht
gezockt
Geld futsch.
Gaunereien –
Gestern vor
Gericht.

Gnadenloses
Gesetz: bei
Gendefekt
genügen drei
Generationen für
Gesamtschaden.

Kriegskind

Als ich einst das Licht erblickte
dieser Welt war hier noch Krieg
und obwohl die Bombe tickte
glaubte man blind an den Sieg

ich schrieb meine ersten Sätze
Brot schnitt man dünn wie Papier
meine Brüder hatten Krätze
Schlafplatz war ein Notquartier

Kleider nähte man aus Decken
Sohlen warn aus hartem Holz
Armut gab´s all allen Ecken
viel blieb nicht von unserem Stolz

Als die ersten Lichter kamen
überm dunklen Horizont
hatte Glück noch keinen Namen
Elend das war man gewohnt

welche Wege unermesslich
haben wir seitdem beschritten
Menschenköpfe sind vergesslich
Herzen wäre noch zu kitten

84

Panne nach Party

Paul
prahlt auf
Promifest bei
Pommery und
Petit fours mit
Partygirl
Pia. Unterm
Pelz
Prada
Parfum
Piranja
Prachtmähne
purpurrot.
Paul
paradiert wie
Papagallo
preist ihren
Pariser Flair.
Peinlich!

Post Fete
per
pedes wegen
Promille
platzt
Pseudo-image:
Paul
pöbelt
Passanten an
putzt
protestierende
Pia ab sie
pariert mit

Prolet
Penner er brüllt
Pissnelke.
Probleme
programmiert.

Pia
präsentiert auf
pechschwarzem
Piano in angesagtem
Palazzo nach
prima Cocktails vor
paralysiertem
Publikum
perfekten
Po.
Pianist eher
prüde
packt sie in
Pelz und
PKW
prescht nach Hause.
Partnerschaft in
petto.

Rheinsberg war Reinfall

Realschülerin
Rosalie
rotblond
rundherum
reizvoll
räkelt sich auf
Recamière liest in

Reclam Heft:
„Rheinsberg". Träumt:
romantisches
Rendez-vous mit
respektvollem
ritterlichem
Rosenkavalier. Auf

Rummelplatz bei
Runde mit
Riesenrad trifft sie
Rocker
Robby
Raubauzig
reizend zu ihr.
Rühmt ihren
Rotschopf
reicht ihr
rote
Rose tanzt im
Rundzelt mit ihr
rasenden
Rock´n Roll.

Rosalie
restlos im
Rausch. Auf
Rückweg
Robby gar nicht
respektvoll
rempelt
rambomäßig will
richtigen Sex.
Rosalie reißt sich los
rennt davon.

Résumé:
Rausch und
Realität –
Riesenunterschied.

Schaurig-schön

Schieß
schon
Schnecke!
schreien
Schaulustige beim
Schaumbergturnier im
Schlossbergstadion.
Schorsch
schussbereit.

Schang
schmeißt sich ans
Schienbein
Schiri
schimpft.
Schwefelgelbe Karte.
Schade. Elfmeter. Trotz
scheußlicher
Schmerzen
schreckt
Schorsch vor
Schuss nicht zurück.

Schönes Tor!
Schreckliches Knirschen.
Scharfkantiger

Schienbeinknochen
schlitzt Haut
schaut heraus.
Schorsch
schließt die Augen
schmiert ab.
Schiri
schüttelt sich
schreit:
Schöne
Sch ...

Schonzeit für
Schorsch aber
schönster
Schuss seit
Schimaniaks Zeiten auf
Schlossberg beim
Schaumbergturnier.

Sinnsuche

Abgehakt und
ausgeschieden
aufgegeben
abgeschrieben
aber immer noch
am Leben.

Und ich hab
von meinem kühnen
Hoffnungen
Glück zu verdienen
oder anderen

hehren Zielen
von den kleinen
großen vielen
manchmal auch
von den verrückten
Dingen die mir
selten glückten
nur noch einen
schwachen Glanz
mal in Stücken
manchmal ganz.

Und ich blättere
in den Bänden.
Was ich halte
hier in Händen
ist mein Leben
wohl gewesen
kann nicht einmal
wirklich sagen
war´s was wert
ist´s zu beklagen?

Aber wenn ich
früh aufstehe
Himmel Bäume
Vögel sehe
weiß ich dass
das Ganze zählt.
Von dem ich
das war der Sinn
auch ein Teil gewesen bin.

Seligkeiten

Saumselig
Sitzt Sam im
Sessel
sieht vor
sich hin
sinniert
sagt
seltsame
Sachen:

Sitz gerade
sei still
sei brav
sonst
setzt´s was
siehst du
sag ich doch.

Siebenmal
sieben
Sonnenwenden.

Seitdem
sind alle
sonstwo.
Selbst
seine Mutter
sitzt nicht im
Sessel
sie liegt still.

Selig
sind die

Sanftmütigen
seufzt sein Onkel.
Sag ich doch
sagt
Sam
sei still.

Tanzturnier

Trübselig
trödelt
Tarik auf der
Treppe des
Tanzpalastes:
Tanzpartnerin
Tabea trat nicht zum
Turnier an.

Trifft sie in
Tapa-Bar.
Treulose
Tomate!
Tanzwettbewerb war
Trittbrett zum
Turniersport.
Tabea in
Tränen:
Tut mir leid!
Tratschtante
Tanja
titulierte mich
Trantüte mit
Tempo null – beim
Tango

Tristesse auf
Tretern – nicht mal für
Trostpreis gut.

Tarik
tobt:
typisch! Selbst
talentmäßig
Totalausfall kein
Takt kein
Temperament für
Tänzer nur
Tortur.

Trifft Partner
Tonio
teilt ihm mit:
Tussi
tritt beim nächsten
Turnier nicht an sonst
Trauerspiel
trete ihr bei
Tarantella Schienbein ein.
Tutto Capito?

Tatsächlich
traf man
Tanja auf
Turnieren nicht mehr.
Teilte mit:
Tanzkostüm kam in
Theatergarderobe auf
teuflische Weise abhanden.

Wohl und Wehe

Warme
Winde
wehen
weich übers
Weizenfeld.
Wer
wuselt und
wühlt in den
Wurzeln nach
Würmern für
Weibchen und
Wichtel? Der
Wühlmäusemann.
Weiß nichts von der
Walze die am
Wegrand
wartet
wendet und
wiederkehrt.

Wir
werkeln und
wirken und
wähnen uns
weise und
wissen nicht
wirklich vom
Wahnsinn der
Welt.

****

BIO-BIBLIOGRAPHISCHES

Konrad Barner,

Konrad Barner, 1930 in Ründeroth (Oberbergischer Kreis) geboren, aufgewachsen in Brebach bei Saarbrücken, evangelischer Pfarrer in Ludwigshafen und Steinbach am Donnersberg.
Theologische Texte im Gütersloher Verlagshaus (1978ff.), Mitherausgeber zweier Anthologien der evangelischen Umweltbeauftragten (1986 und 1998), Dokumentation „Ökologische Aspekte" im Auftrag der Evangelischen Kirche in Deutschland (1976 bis 2000), Mitglied im Autorenkreis für Andachten im Saarländischen Rundfunk (1976 bis 2002). Lebt seit 2002 in Zweibrücken und ist seitdem Mitglied der Zweibrücker Autorengruppe.

Michael Dillinger,

1950 in Heidelberg geboren, in Speyer aufgewachsen, lebt seit 1978 als Lehrer (inzwischen pensioniert), Autor und Kleinverleger (Echo Verlag Zweibrücken) in Zweibrücken, Mitherausgeber der Reihe „Schrittmacher" des Rhein-Mosel-Verlags.
Veröffentlichungen: Erzählungen, Gedichte, Theaterstücke und Hörspiele
Auszeichnungen: Fördergabe für Literatur des Bezirksverbandes Pfalz, Preisträger im internationalen Literaturwettbewerb des Luxemburger Schriftstellerverbandes, Platzierung bei der „Woche des Hörspiels" in Berlin mit „Zeilensprung" (SR 2)

Barbara Franke,

geboren 1944 in Zweibrücken, Lehrerin,
Diplompädagogin, Autorin (Lyrik, Kurzprosa,
Schultheater)
vier eigene Buchpublikationen, Texte in literarischen
Fachzeitschriften, Anthologien, Almanachen
Mitglied im VS, Gründungsmitglied der Autorengruppe
Zweibrücken
3. Preis beim Mannheimer Kurzgeschichten-
wettbewerb 2002, 4. Preis beim Literaturwettbewerb
der Kreisvolks-hochschule Südwestpfalz 2007, 2. Preis
2011, 5. Preis Lotto-Kunstpreis 2015, mehrere Preise
bei Mundartwettbewerben in Wallhalben, Bockenheim
und Dannstadt

Annette Kimmel,

geboren 1962 in Landau in der Pfalz, aufgewachsen in
Kaiserslautern, wohnt seit über 20 Jahren am Rande
eines kleinen Dorfes in der Pfalz. Sie ist verheiratet und
Mutter von vier Kindern.
Erste Veröffentlichung: „Wolkenziehen"

Karin Klee,

geboren an Weihnachten 1961 in Losheim, ist gelernte
Zeitungsredakteurin. Sie lebt und arbeitet als freie
Autorin im Norden des Saarlandes, veröffentlicht in
Literatur-Zeitschriften („Paraple") und Anthologien,
schreibt Lyrik, Prosa, Szenen und Tageszeitungs-
Kolumnen.
Sprecherin der Bosener Gruppe.
Eigene Bücher: „Am Holländerkopf" (Erzählung)
„Frauenzimmer" (Gedichte)

Runa Neuer,

geboren 1983 in Zweibrücken, stieß sie bereits vor dem Abitur zum ersten Mal zur Autorengruppe. Nach einer langen Pause ist sie seit Februar wieder festes Mitglied. Unter dem Namen Jasper John veröffentlichte sie 2015 das Buch „Wenn der Weltenschleier fällt", aus dem sie an Halloween im Timeless las. Ebenfalls unter diesem Namen ist sie in der Anthologie „Schattenfeuer" mit dem Text „Die Geburt eines neuen Zeitalters" vertreten.

Gundela Nitschke,

geboren 1944 in Warburg/Westfalen.
Studium der Germanistik und Geschichte in Marburg/Lahn, Malerin, Autorin (Lyrik, Kurzprosa) Veröffentlichungen in Anthologien und Literaturzeitschriften.

Wolfgang Ohler,

Geboren 1943 in Zweibrücken, Studium der Rechtswissenschaft, Promotion zum Dr. jur. an der Universität des Saarlandes, Richter in Rheinland-Pfalz, zuletzt Vorsitzender des 1. Strafsenats und Vizepräsident des Pfälzischen Oberlandesgerichts (jetzt Ruhestand); Schriftsteller und Kleinverleger (Echo Verlag Zweibrücken). Geschäftsführer des Literarischen Vereins der Pfalz 1990 – 1999.
Veröffentlichungen: zahlreiche Romane und Erzählungen, zuletzt „Die Träumer von Struthof", Hör-Bücher, Hörspiele, Theaterstücke, Beiträge in Krimianthologien.
Auszeichnungen u.a.: Lebenswerkpreis für Literatur des Bezirksverbandes Pfalz 2017

Gerhard Rinsche,

geboren 1952 in Zweibrücken, Autor von Lyrik und
Kurzprosa
Veröffentlichungen in Anthologien, Literatur-
zeitschriften sowie beim Saarländischen Rundfunk
2007 erschien „Spätestens morgen", eine Sammlung
von Lyrik und Prosa im Geistkirch-Verlag
Preisträger bei Poetry Slams in Pirmasens und
Zweibrücken

Heide Werner,

geboren 1941 in Saarbrücken, Lehrerin bis 1966, seit
1983 literarische Übersetzerin (Franz.) und Autorin
(zwei Romane bei Salzer, Heilbronn).
Veröffentlichungen in Zeitschriften und Anthologien.